德國幻想曲

菲立普・克婁代——小說
繆詠華——翻譯

菲立普・克婁代／作品集 09

指向那未指出的：《德國幻想曲》

朱嘉漢 小說家

克婁代除了較爲知名的小說、編劇作品外，早在二〇〇三年就已經以《小機械》（*Les petites mécaniques*）獲得龔固爾的短篇小說獎。

因此，不會意外，《德國幻想曲》裡的五則短篇都相當精巧。無論是展開、隱藏、插入回憶，以及無比用心的揭露式收尾（dénouement），都展現克婁代對於這種短小、虛構的故事掌握能力。「幻想曲」的書名，不僅展露了故事本身的想像力，也在形式上運用了片斷敘事的魅力。

有研究者指出，克婁代深受法國作家讓・紀沃諾（Jean Giono）的小說美學影響。《德國幻想曲》整本書的風格則特別能辨認出來。

怎麼說呢？紀沃諾曾說，短篇小說可以有兩種呈現邏輯：「描寫對象，這是正面的方式；或者是描寫一切，獨缺對象，讓對象成爲空缺，這是負面的方式。」是以，片斷的運用，不使其完整交代，是整本集子的用心所在。就像〈致讀者〉說的：「一種我刻意留白的小說，呼喚讀者填補空白，自己成為作家。」《德國幻想曲》當然可以輕鬆地讀完，長度與難度門檻皆少。但只要稍事停留，不難發現五則獨立故事「比短篇更多、更深」的共通處：背景都在德國二戰之後，並隱隱地跟納粹的歷史有關。然而，最明顯、貫串全書的線索，卻是維克托（Viktor）這個名字。

維克托，在〈一個男人〉裡，是一名逃亡納粹敍事者回憶之中，集中營裡喜歡拿食物虐待囚犯的長官。

〈性與椴樹〉裡，是一個垂死老人回憶中第一次神祕的性愛體驗中，不知名的女子嘴巴中，悲傷中唸出的名字。

〈伊爾瑪．格雷斯〉是貧窮又不羈的少女，在安養院負責的失能老人的名字。老人過往是納粹，如今卻諷刺地被少女折磨。

〈仁慈死亡〉則是在畫家弗朗茨．馬克的歷史翻案檔案中，畫家遺稿捐贈者，交代父親維克托應是在療養院中獲得手稿的。

〈那個小女孩〉中，被收留的孤女似眞似夢的回憶裡，在被集體送往大屠殺的過程當中，有一位自稱維克托的軍人把她從卡車抱下來。

故事不複雜，但你必須要有所警覺，與一定的背景知識，才會知道〈一個男人〉的主角是納粹親衛隊（SS）。〈那個小女孩〉裡救下小女孩的維克托是別動隊（Einsatzgruppen）。或是意識到〈仁慈死亡〉表面在談一名畫家的生平與疑點，背後指向的是納粹「T-4行動」，對於各種判定殘疾者的「仁慈死亡」計畫。

最有趣的可能是〈伊爾瑪．格雷斯〉。在許多無名姓的主角中，爲什麼就這篇不僅有名有姓，還拿來當篇名呢？因爲伊爾瑪．格雷斯（Irma Grese）在納粹史上有個同名人物。她曾在與奧斯威辛與伯根—伯爾森森擔任典獄長，任職間擅長虐待與謀殺囚禁者。戰後遭審判死刑時，才二十二歲。小說裡則是更爲年輕的女孩，故意疏於照護失能的老納粹，並用放在嘴前的食物折磨他（恰好對比第一篇裡的維克托），相當諷刺。她對於眼前老人的照片等線索毫無認識的欲望，這種無知且不欲知，正是某種納粹式的殘忍與冷血的條件。

某方面來說，《德國幻想曲》處處指向納粹之罪，與罪的傷害。克婁代擅長描寫罪，《灰色的靈魂》（*Les Âmes grises*）與《波戴克報告》（*Le Rapport de Brodeck*）都能展現他書寫罪的俐落，這裡又是一次展現。

這些「維克托」們，無論作惡程度（甚至偶爾慈悲），不可否認地，他們都在體制裡面扮演共犯的角色，是大家熟悉的漢娜・鄂蘭（Hannah Arendt）所謂「平庸的惡」（the banality of evil）的各種變體。克婁代刻意讓這些維克托們閃現，一方面是小說的技術讓讀者意識到，另一方面也代表著，這些體制的共犯是如此躲藏在「後來的歷史」的種種角落裡。

如果你不注意歷史本身，就會充滿陷阱，重複著無知；如果你注意，就會看見線索，而看見隱藏的事物。即使真相可能永遠未明，至少會知道有什麼藏在那。

目錄

獻給吾友義大利出版家路易吉・史帕諾（一九六一—二〇二〇）

萊茵河畔，氣氛陰鬱憂傷。
日常什物在此被染以夕照餘光。
而，旅人依心情不同，視其或迷人或駭人。

——皮耶・馬克・歐朗[1]

德國呼出深淵氣息。

——托馬斯・伯恩哈德[2]

1 Pierre Mac Orlan（一八八二—一九七〇）：法國小說家和詞曲作者。本名爲Pierre Dumarchey。代表作爲《霧港碼頭》，並被名導Marcel Carné改編成同名電影。

2 Thomas Bernhard（一九三一—一九八九）：奧地利小說家、劇作家、詩人，爲二戰後德語文壇最富爭議的文學鬥士，並被公認爲戰後最重要的德語作者之一。主要作品有《維特根斯坦的侄子》、《歷代大師》等。

Ein Mann

一個男人

他醒來，不是因爲冷，而是因爲迷茫，這種感覺又持續了很長時間，睡意也逐漸散去。大衣變得更重了，壓在大衣裡的衣服上，也壓住他胸口，猶如鉛製約束衣。他花了一點時間才明白，這種沉重感來自於慢慢浸溼的粗毛織物，現在這件大衣有原本的兩倍重，自己好似成了禁臠，宛若溺斃。原本他放任自己耽溺於夢中，這時，一絲暖意，淡淡的，但比夢眞切，他摸摸索索，從夢中走了出來。他打起哆嗦。他渾身溼透。他大張著眼，對著黑暗。他的心在狂跳。傷口也在甦醒，齧食著他，又開始滲血。

他已經在這棵冷杉下待了兩天兩夜。一棵老樹，低矮枝條與狀似靜脈曲張的根部交織一氣，和地面融爲一體。他不得不推開一些枝條才走得過來，躲藏在粗糙的樹幹附近。大地給這個地方布置出一處寬闊凹地，上面布滿乾枯針葉，成了一張柔軟床墊，他整個人躺平在上。針葉微溫。散發出樹脂和樹皮氣味。還有秋天的。一抹芳香，徐徐淡去。

他告訴自己，只要他留在這兒，壞事就臨不到他頭上。避禍躲難使他忘了餓。有個口袋裡還剩下三顆馬鈴薯。這些是幾天前，他像動物那樣趴在田裡挖到的，當下他沒吃，寧願留著以後再吃。

他在冷杉下，長久以來，第一次不再全神戒備。剛鑽進樹枝底下，他就懂了，不可能有人猜到他在這兒。即便打兩米外經過，也不會注意到他。他沉沉睡去。

森林在雨中瑟瑟發抖。雨滴雖然一時爲冷杉枝條阻擋，最終還是穿越枝條，滾到他身上，滲入大衣，滲入大衣裡的兩件毛衣、襯衫，直到四角內褲和汗衫。他盡可能豎高大衣領子，結果細細的水流加速流到他脖子上，他反而更溼了。

他雙手抱膝，頂著肚子，兩睛始終睜著。周遭一片黑。雨水和夜已將森林抹去，十一月的寒氣舔舐著他的臉，現在似乎更冷了。針葉床變得泥濘。溝渠氣味從旁升起。他打著哆嗦，抖到黎明第一縷曙光升起，終於等到太陽現身，陽光卻是一片微弱黯淡。

他用爬的，鑽出樹洞。好不容易站了起來，走了幾步，顫顫巍巍。彷彿他得重新學走路。乳白色的光一點一點將樹木從黑暗中突顯出來。霧，不時給他一種錯覺，這些樹好像碩大無朋的雕像在底座上滾動，正朝他前進。天上，烏鴉刮去了雲的肚腹。他設法擰乾大衣下襬，可惜手指發麻，沒有力氣。他像離開了一位朋友那樣離開了這棵冷杉，因爲這位朋友再也無法爲他做任何事，變得無足輕重。雨已經停了。他的牙齒格格作響。

他逼自己快步走，希望這樣能暖和起來。大衣拍打著他的腿，水滲進靴裡，他擔心靴子被偷，所以幾天來都不敢脫掉。不過，逃亡期間，他並沒遇到任何人就是了。一週前，他碰巧看到一列車隊駛進長滿蕨類的小山谷，當時他離車隊數百米，正在一塊岩石下休息。他說不出他們屬於哪支軍隊，大概是俄國人吧。大地再度一片沉寂。汽油味朝他撲來，終於遭風驅散。

大部分時間他都睡在森林裡、溝渠裡，或是靠著低矮石牆睡在廢棄穀倉裡。睡在曾經是城市，如今面目全非的城市周邊。遠處，一幢幢居民樓宛如爛掉的臼齒。在它們被蛀壞了的深洞中，樓梯間往上向著虛空延伸。這一切都在略微冒著煙。

田野，同樣荒涼，但它呈現出的這副面貌卻沒那麼可怕。他說不上來爲什麼。然而，他經過的所有村莊都遭到摧毀，人類生活的所有痕跡盡皆退去。通往村莊的道路遭到濫炸，全面被軋碎，化爲怪異河流，遭到新形式淌淩侵襲：成千上萬支離破碎柏油碎石路面斷片取代了流冰。車輛沉沒其間，比比皆是，公車、卡車、軍車、私家車，後者車上還載滿了人，只不過人成了屍體，腫脹到無法辨認。

這件大衣是他在其中一座村莊找到的。炸彈像切片機那樣將一幢屋子切成兩半，他走了進去。他翻箱倒櫃。什麼都沒留下。許多其他遊民、士兵、浪人、逃兵已經來過。他將髒兮兮的床墊翻過去，沒抱多大希望，沒想到這件大衣竟然在床墊下。袖子摺得好好的，好像剛從盒子裡拿出來似的。一件黑色大衣，款式過時，對他來說也太大。他立刻穿上，當場拋下軍人絎縫上裝，上頭的軍階條紋和徽章他早就撕掉了。因爲他也銷毀了他的身分證件、軍人證、刻有他編號的證明牌，任何能夠證明他之前生活的東西。他甚至拿把刀，將紋在手臂內側、靠近腋窩處的血型記號割了個稀巴爛。不願意癒合的正是這個傷口。不斷提醒他剛過去的過去。

走啊走啊，一小時又一小時，一天又一天，往前走使他忘了時間、忘了餓。他只不過是踩在地上的兩條腿，一具軀體在行動，頂著一顆汙穢頭顱正在大傷腦筋，裡面有好幾個焦慮念頭像在籠子裡一樣原地打轉。

他設法順著直線走進森林，與其說是堅守一個實實在在的方向，不如說是給自己一種沒有迷路的錯覺。他心想，直直走下去，總會走出這片無垠喬木林。除了野獸走的羊腸小道，他沒碰到任何路。冷杉接替了山毛櫸林。隨後是些矮林，濃密荊棘叢充斥，隨後又是冷杉，陰鬱慘澹，密密麻麻。

天光依舊陰沉黯淡，他不時看到烏鴉仍在空中成群結隊，那一條條黑帶，猶如灰燼堆成的大塊烏雲般在風中悠蕩。他邊走邊設法估算走了幾小時，從而估算出走了幾公里。他現在應該離他逃走的地方很遠了。大概得走上三到四週，才能穿越這片丘陵、山谷、森林地帶。

他認為已經過了中午，於是便在林中空地駐足停留。泉水從苔蘚間冒出。他喝了好久。然後看著水鏡裡的自己。他看到一張瘦削的臉。蓬頭亂髮。五官輪廓並不突出，看不出多大年紀。一張嘴，水氣從中逸出。如此而已。他在石頭上坐下，吃了半顆馬鈴薯。

生馬鈴薯吃起來有麵粉的味道，甜甜的，還帶著顆粒。他把它嚼成糊狀，含在嘴裡很長時間。他從沒吃東西吃得這麼傷心，也從沒吃得這麼開心。這種痛苦又愉快的感覺占據了他的思緒，使他忘卻自身處境，他盡可能讓這種感覺持續久一點。他帶著嘴裡的馬鈴薯糊味道，在泉邊岩石上又多待了一會兒，泉水喃喃吶吶，旋律淡然。

這時回憶浮上心頭，他想起囚犯，一有人將廚餘或營區伙房的果皮扔到他們中間，囚犯就會互相殘殺。維克托一直都以此為樂。他端著盆子過去，跟叫母雞、叫豬似的喊他們，把盆裡的東西從鐵絲網上扔過去。好一場可怕的混戰，無聲進行，卻比狗打架更爲猛烈。最後總會有一兩個留在石板地上。維克托偶爾改變娛樂方式：他先叫他們，等囚犯全都擠壓在鐵絲網前，然後就把剩菜剩飯倒在腳下，囚犯苦於鐵絲網阻攔，看得到，卻搆不著。維克托笑得更加開懷，他在欣賞表演。他則什麼都沒想。爲了取悅維克托，他稍微笑了笑。

他打了個哆嗦。清清嗓子，吐了口痰。忽地站起，重新上路。衣服還沒乾。又重又溼，但他終於還是習慣了。

約莫一小時後，他覺得自己看到遠方林間白茫茫一片，他放慢速度。起初他以爲此一蜃景是因爲疲勞所致。他撐著稍早撿到的手杖，猶如牧者，但沒有羊群，繼續往白茫茫一片的方向走去。樹葉爛在地上，他的步子走到哪兒，那裡便陷下去。

原來森林邊上的那一團白是一片遼闊平原，上有積雪，暮色初升中，散發著磷光。他在最後幾棵樹附近停了下來，不過還是躲在樹後。他在林中走了很長時間，靠這片森林藏身，誰也看不見他，要不要走出去呢？他裹足不前。只見前方薄雪覆蓋著田地，盡頭處與低矮天空相連，兩者質地一般朦朧鬆散。這些田畦狹長光滑而平整，彷彿呈現出這片無垠國度因慘遭肢解而感到焦慮。他最後一次轉過身去對著森林，發現自己竟然有點哀傷不捨，但他還是踏進田間。

很快，才走了幾步，他就步履沉重。靴子被褐得發黑的泥巴黏住。這塊田地許久未經耕翻。原已犁平，如今又變得高低凹凸。薄薄雪層形成的肌膚正在融化，黏土塊啜飲著雪水，要不就是化身汙穢細流，形成水坑，宛若微型池塘。寸步難行。手杖完全幫不上忙。他不時有種感覺，這片田地要吞掉他，這些黑土，八成從開戰那時就沒耕種過，如今只等著一件事，將他整個人吞吃落腹，汲取所有精髓，嚥下他的身體，大快朵頤，讓以他爲代表的人類爲自己拋棄田地付出代價。

他盡可能望遠，極目所及，辨識不出任何一條路。他後悔離開森林，至少森林讓他有在前進的錯覺，因爲每棵樹的出現與消失都使得他在林中跋涉更帶勁兒。放眼望去，一座農場都沒看到。路，也沒有。河，也沒有。運河也沒有。唯有大片荒廢耕地，從地平線的這端延伸到那端。

濃濃倦意襲來。他再也撐不住。傷口隱隱作痛。肺在痛。每回吸氣都迫使他更深入肺部去尋找躲在那兒的稀薄空氣。在這片廣袤黏土大地上，他一米一米，專注於該怎麼走最好。他再度感到驚慌失措，自從一切都垮了以後，這種感覺始終如影隨行。

他從沒問過自己任何問題，這幾年就這麼過了。從前，他沒身分地位，不受尊重，拜新秩序到來所賜，他得以享有過去總是遭到剝奪的這一切。不久之後，原本遭到抹殺的他，就從其他廣大人群中脫穎而出。新秩序賦予他職權與軍銜。對他進行加工。將他打造成利器。對他下達指令。他予以執行。渾然不覺混亂即將到來。這套偉大機制已然崩潰。

他有罪惡感嗎？因爲服從而有罪惡感？還是因爲並沒有不服從而有罪惡感？他只是奉命行事罷了。然而，奉命行事，他該負的責任就比其他人少嗎？比維克托少嗎？他在營區負責登錄。一張張名單。他得核對姓名。計算男女老幼人數。有時還進行審訊。設法弄清楚他們是在說謊還是吐實。紀錄審訊內容。建立索引卡。集合他們。拆開他們。建立分隊、小分隊。車隊。爲車隊出發做好準備。有時跟著車隊送他們去他們該去的地方。下卡車的時候，老人行動不便，他還牽著老人的手，小孩子也是，因爲他一臉溫和，也因爲他的動作向來不粗暴，聲音又平靜，讓他們放心。

隨後由維克托和同僚料理一切。他留在後頭。他什麼也看不見。因爲早在維克托動手之前，他已經折回卡車那邊去了。他抽根菸，有時兩根。昏昏沉沉。他聽到的陣陣轟鳴是經過防風林和礫石堆緩衝了的。何況，他不見得每次都聽得到。取決於風向，也取決於他是否專注，因爲他所在之處，白楊樹葉總在沙沙作響，使他分了心。

重新想起這一切並不好受，想到這一切或許只是個錯誤，而慢慢地，由於不知道如何拒絕，他已經能夠再也不區別什麼是該做的和什麼是不該做的，什麼是好的和什麼是壞的。

寒冷和泥濘，他都再也感受不到。他惶惶不定，持續往前。依稀感覺自己從一場持續了不只十年的長期酣醉中清醒。他拍拍額頭，抹去這些影像，拭去所有這些思考，這些對他大腦來說都過於高深。

入夜時分，他不知身在何處，依然持續往前走。一小道光掃過西方地平線。風不再吹拂。大片低矮雲層，一動不動，現已散落成一場細雪，遲遲不落入土中，而是融化在他的額頭和嘴唇上。他舔著這些絮片，雪花變成水珠，玲瓏又冰涼。他想起在許多張臉上看到的淚珠。想起伴隨著淚珠的尖叫。

半小時內，就再也什麼都看不到了。他要睡哪兒呢？還是繼續走比較好，以免站著站著就睡著了。他曾經像這樣前進過，介於清醒和沉睡之間，發現身體竟然可以變成機器人，令他詫異。好歹一直行進，就不會像那些穿得破破爛爛的人那樣冷死，當時他們面對敵人進逼，奉命撤離營區，那些人走著走著就停了下來，整列隊伍，處處都有人倒下。甚至沒人費心用腳踢踢他們，要他們站起來繼續走，因爲大家知道，不久之後，他們全會遭到冰封。有時維克托爲了解悶，會朝其中一個人的頸後開槍。大家繼續前進。不太知道走往何處。

突然，在黑暗將世界擦去之前，正當他最後一次設法以目光搜尋地平線的時候，他覺得自己好像依稀看出幾百米外有一座巨大立方體，從這片蒼白之中冒將出來。他恢復了一絲精力。

隨著邊往前走，形狀益發清晰，碩大無朋，無窗，平頂。不是農莊，更像是一幢建築物，可能是水塔、筒倉，或是諸如此類。

他終於走到建物周圍的時候，夜已與黏土融爲一體。五米外便無法識物。立方體就在他面前，令人望而生畏。裡面隆隆作響，不時還劈哩啪啦響個幾聲，外加噴出火星。一座發電機或是大型電力變壓器，由雙排帶刺鐵絲網保護，只不過有一小段鐵絲網被不知什麼東西弄破了。他從這個缺口溜了進去，小心翼翼往前走，雙手直直伸在前面，因爲他已經看不淸任何東西。

手指終於碰到牆壁的那一刻，他欣喜若狂。牆壁熱烘烘的，彷彿牆後有一團神奇的火正在燃燒。他將雙手貼在牆上，就這麼往前，橫著走，想辦法找著一扇門。他已忘卻飢餓、疲憊、恐懼、苦痛。彷彿歷經長途跋涉，終於抵達他出生的那幢房子門口。他要進去。他找到了避難所。溫暖。安心。庇護。他想起母親的臉，也想起父親的，想起童年、晚餐、熱湯，火爐在燃燒。

突然，牆壁成了一片空，溫熱氣息從這片空裡逸出。隆隆聲逐漸加劇。他在黑暗中摸索，雙手撐在某樣東西上，應該是一扇金屬門，厚實，只開了一點點。他試了好幾次，想用肩膀把門頂開，可是頂不動，胳臂上的傷口害他好痛。原本的喜悅爲驚惶取代。舒適安逸就在眼前，卻抓它不住。他又想起囚犯盯著維克托腳邊散了一地的果皮，想起維克托笑著走遠，想起囚犯使勁想穿過鐵絲網的手。

他跪下，在地上摸索，找著石頭，找找看有沒有什麼東西能讓他強行把門頂開。他氣喘吁吁，雙手被玻璃碎片割傷，他抓住一堆堆東西，究竟是什麼他也不知道，隨後突然，摸到一樣好像是棍子的東西，一根管子，金屬製的，挺沉的，可能有兩米長。他高興得只差沒哭出來。他一把抓住，摸索著回到門那邊，將這根廢鐵管塞進門縫，靠著牆支撐，用盡全身氣力，使勁一壓。奇蹟發生了。隨著吱嘎一長聲，門開了幾十公分，足以讓他鑽進建物。

他進來了。黑，成了大鵝絨包覆著他。與戶外寒冷又溼透了的黑全然不同。這裡是另一個世界。酷熱。乾燥。美妙。電壓器轟隆轟隆響，播送著的樂音雖然野性，卻使他安心。他什麼也看不見，但感覺好好。好幾星期以來，他從未體驗過這等安逸。

他始終握著那根廢鐵管。多虧它，他才進得來。這個物件倏忽擁有了魔力。

他沒想到要鬆開它。它同時是他的魔杖，他的寶劍，他的權杖，他的盲杖，他靠著廢鐵管，小心翼翼往前，幸好有它，他在溫柔的黑暗中探索，一步又一步。

到目前爲止，他一直在黑暗中慢慢前進，但突然間，空變成堅硬表面，而就在千分之一秒的那一瞬間，猶如壯麗煙花爆開的那一下子，將不可逼視的白扔進這個地方，照亮了黑。

速度太快了，男人來不及搞懂發生了什麼事，也來不及痛苦：一股強烈電流通過他全身，整個身子立刻被燒焦，變成一塊炭，焊在這根鐵杖上，也焊在鐵杖碰到的發電機上。

接下來的好幾分鐘裡，好幾束火花，曼妙無比，落在曾是他身體的這塊炭上。就像最後施放最美的那朵煙花，但沒有任何觀眾。

隨後，夜又回來了，平靜怡人，在電光石火最後劈啪響了幾聲後，這頭巨獸又轟隆隆打起呼嚕，彷彿一場神祕消化剛剛終於開始了。

Sex und Linden
性與椴樹

我快九十歲了。現在是五月底。我愛極五月。如今我知道自己再也看不到五月了。今年五月或許甚至就是最後一個。我並不爲此感到難過。我累了。我現在光走幾步路都得扶著安妮的胳臂；或扶著我兒子的，他來看我的時候。我用瘦巴巴的雙手緊緊抓著她或他。我的手指看起來好像罹患關節炎的爪子。我顫顫巍巍，張大嘴吸氣。我是一條魚，筋疲力盡，被脾氣暴躁的漁夫扔在岸上。我的身體嘶嘶作響，喀喀作聲。走個幾米就需要很長時間。

安妮耐心十足。這是她的專業。她每天到我家三次。早上幫我梳洗和準備早餐。下午一到，過來看看是否一切都好，然後帶我去午睡。傍晚時分再來陪我一下，洗洗碗，幫我準備就寢。我兒子沒她溫柔。他總是匆匆忙忙。他被工作纏得分身乏術。但他是我兒子。看到他，我很開心。我知道自己慢慢吞吞令他惱火，我有好些詞兒想不出來，我抖啊抖地，我的視力變弱。我覺得我嚇著他了。他看著我就像看著一具屍體，心裡邊想著他遲早也會像我一樣。任誰都會害怕。

安妮讓我在花園躺椅上躺好，旁邊有一大叢繡球花。我覺得有點太熱。安妮總是擔心我會著涼。她把毯子拉到我下巴這邊。哪怕伸出一條胳臂把手挪到毯子上方、把毯子推回腿上，都太費力。光想到所有這些動作就累得慌。不過，天氣畢竟很好。我這個糟老頭總愛嫌東嫌西。何況，過一會兒，太陽就會跑到榛樹後頭，我則會在樹蔭下。

我把眼鏡忘在床頭櫃上。我看到的形狀和顏色彼此摻到一塊兒。一大塊一大塊的。像幅抽象畫。好美。我的記性依然很好，足以描繪出輪廓特徵，並且提醒自己，這是獨輪小推車，那是黃楊木或紫杉，四季青[1]樹籬，以及我昔日用來存放工具的小木屋。

我幾乎聽不到了。耳根清淨。城市喧囂早已消散。我可以想像自己在鄉下。

不過我畢竟還是想念鳥兒鳴唱，昆蟲窸窣。一隻烏鶇停落在我身邊鐵桌上。我看到牠喙部張開，吱吱叫時喉嚨振動，不過依然是默片片段。蜜蜂也是如此，牠們不斷跳著芭蕾，在我毯子上某個地方來來回回，我昨天八成把果醬漏在那兒了。烏鶇彎起腳爪，青綠鳥屎落在桌上，飛走了。

到了我這個歲數不會猝死。我們就像一幢房屋，窗板關上，家具逐漸清空，在最後一次把門鎖上、把鑰匙給扔了之前，會先關瓦斯，再關水，最後再關燈。這個想法把我給逗樂了。沒人看到我，但我在微笑。

我已經不這麼熱了。我很好。非常好。即使我變得如此年老體衰，不變的是，我依然需要聞聞香氣，這是莫大幸福。香氣就像是我辭世前，這個世界送來的一份禮物。我愛極這個世界。在世上。正如這種說法的意思，也可以說：來到世上。抵達。經過無垠表面。在這裡著陸。再離去。消逝。烏鶇和牠的糞便。蜜蜂。

我已經不在意時間了。我再也不試圖知道現在幾點。我像小時候那樣分割一天的時間。早上。白天。晚上。夜裡，偶爾我會脫離肉體和年齡，在夢中變回往昔的我。我甚至還會將一天中的時時刻刻與夢境混淆。不知自己是在夢境或是在實境，這樣可美著呢，對一切都無所謂，對一切都不在意，這樣可更美著呢。

昨天，對，昨天，應該是吧，除非是幾分鐘前或是上星期，我第一次聞到今年春天的椴樹氣息。夜的溫柔將擾人心扉的椴樹香氣襯托得益發濃郁。我突然想到海頓第61號交響曲的慢板和那名褐髮女子。想到好久以前的那個五月夜晚，她那又溼又熱的性器。第一個女性性器官。那是我性生活的史前時刻。想到這些，使我激動無比，亢奮到大腿之間像被針扎似的，然而，如今這個地方的一切明明均已沉睡已久啊。搞不好刺癢是幻覺。少自作聰明吧。

我從不知道那名褐髮女子姓什麼。也不知道她叫什麼。我對她一無所知，而且再也沒有見過她。我也從沒聽過她說話的嗓音。我僅僅記得她在呻吟，叫聲從緊閉著的唇間漏出，好似小動物般的喘息，話說她那個樣子還嚇壞了我，以爲她快死在我懷裡，就在那開著花的椴樹低矮枝椏下，金龜子還在椴樹邊上飛。

過了片刻，她消失在夜色中，我把衣服收拾好。遠處，我還能辨識出啤酒花園露天座的燈光，聽到酒客在笑。那天晚上，音樂學院全體學生——包括我姊在內——擠在過小的台上演奏美妙的海頓交響樂，但甚至連他們演出的最後幾個音符，早已被以長號、單簧管、大鼓爲主的小型管弦樂隊的音樂驅散了好久，我都沒發現。

我十五歲。對男歡女愛一無所知。有人告訴我，我看起來比實際年齡大。每個月或者幾乎每個月，我的襯衫和褲子都在變小。我的身體像是棉花糖做的那樣拉長，不過眼神依然孩子氣。我母親老把時間花在拆掉下襬放長，還有修改我父親的衣裳，這樣我就可以穿了。她打開衣櫥，摸著襯衫、夾克、褲子。拿起剪刀和針線。剪啊縫啊，還有哭。

我穿著死人的衣服。仗兩年前就打完了。我父親從此一去不回。一紙官方文件證實了他的死訊。我母親每天都把那紙文書打開又摺起來好幾回。把它保存在她自己的一個口袋裡。

這座城市還是狀似一副被錘子打碎了的巨型假牙。殘齒斷牙豎立在大街小巷，黑魆魆的，斷垣殘壁。有人把瓦礫堆成奇大無比的一堆又一堆。雜草和荊棘開始將瓦礫堆覆上一層綠皮。瓦礫堆逐漸變成小山。電車又通了。擠在裡頭的女人比男人多得多。要不就是老人。要不就是少了一條胳膊、一條腿、兩條腿、兩條胳膊，這些三分不像人的人。人人都是瘦子。我們也是。我們吃不飽。幸好有書。還有音樂。我姊拉小提琴。整個戰爭期間，她全在拉小提琴。我全在看書，我們的母親全在掉淚。

我穿著死人的衣服，可我卻再也不記得他。我的意思是說，當時，我十五歲的時候，再也不記得他。完全不記得。不記得他的嗓音。不記得他的身材。不記得他的手。也不記得我想他。後來，在生命中的某些時刻，我找回了對他的記憶。心裡有部機器將一些精確、短暫的場景存錄在我腦中難以抵達的區域，可是它卻驟然決定硬生生地重播：我父親，菸夾在指間，指著動物園籠子裡一隻猴子給我看，牠正忙著給其中一個同類抓蝨子。我父親在廚房抱著我母親，帶著她一顛一顛跳著舞，收音機裡播放著我沒聽過的曲調。他穿著汗衫。那是夏天。我父親騎著自行車，在街上愈騎愈遠，我坐在台階上，留在我們那幢樓門口。他沒回頭，不過一隻手鬆開車把，在空中揮了揮。道別。

我向來不知道該拿這些場景怎麼辦。我也向來不明白爲什麼它們在某些時刻會浮現。這些時刻在我這一生中既不至關重要也並不特別。

我姊話不多。她拉小提琴。不停地拉。那是她表達自我的方式。小提琴陪她睡覺。在她床邊的琴盒是打開著的。根據光線不同，琴盒時而像口棺材，時而像兩棲動物在深淵張開的大嘴。小提琴放在她的臉旁邊。我偶爾會看著這一人一琴睡覺。我姊有著一頭淡棕紅色的頭髮。她很美。小提琴則是焦糖色。

我十五歲。已經讀過好幾百本書。一肚子書使我覺得自己很重，但這種重量很神奇。我這輩子都會一直讀下去。視其爲職責。我將成爲教師。特種教師，從不教書，不會有學生，而是寫書，在書中暢談閱讀，激起他人想望與需要，從而倣效我閱讀。

我姊不拉小提琴時就讀樂譜。眼睛瀏覽著音符，手指邊不覺在動，嘴唇也在動。她把小提琴擱在大腿上。使我想起寵物，等著你去摸牠。我自己從沒學過樂理。我不想玩音樂。對我來說聽就夠了。

我姊比我大三歲。一九五〇年代後期，她在南美洲因飛機失事喪生。她所屬的管弦樂隊其他幾位樂器演奏家當時也死了。我有保存他們的巡演節目單：莫扎特、舒伯特、布拉姆斯、德布西。節目單上顯示出共有二十九場，在四個不同國家演出：巴西、阿根廷、智利、巴拉圭。他們只有按照計畫演出在巴西舉行的那幾場音樂會，以及前三天在阿根廷布宜諾斯艾利斯舉行的音樂會。飛機飛不到門多薩了。

我母親一點一點失智。最終在專職療養院度過餘生。柏林圍牆倒塌了很久之後，她才在這個統一的國家政體下過世，但這個國名對她來說毫無意義。我去探望她的好幾年間，她都會抓起我的手，握著，微微笑著，但並不認得我，喃喃唸著我父親的名字好幾十次。嘴裡再也說不出別的話。

夕陽西斜。我很好。天氣還是暖洋洋的，我閉上眼睛。我不知道現在是什麼時辰。我不知道安妮是不是到了。或是又走了。我再也感覺不到痛苦。我再也感覺不到我的身體。椴樹氣味再度襲來，猶如披巾般將我圍住。甜美的。溫柔的。蜂蜜似的。我知道這股短暫卻猛烈的魔法香氣，即將把那名褐髮女子帶到我身邊。

我不想去那場音樂會。我躺在客廳綠天鵝絨長沙發上。我像貓一樣，這樣舒服得很。我在閱讀《幽谷百合》[2]。我喜歡法國小說家。我覺得他們比我們的小說家更感性。他們使我意亂情迷。我也喜歡俄羅斯小說家，不過我都背著我母親偷看。任何東西和俄羅斯扯上邊，都會害她大發雷霆或者沮喪難過，每天不一定。

費利克斯．德．旺德奈斯疏遠亨莉埃特．德．莫瑟夫。他與迪特利小姐愛得死去活來，過著活色生香的生活。他得知亨莉埃特自暴自棄，悲痛欲絕。你要去這場音樂會。不要。爲了你姊，去吧。不要。不要。拜託你。我要閱讀。你的書可以等。我不去。你姊怕聽眾不夠多。

我發著牢騷，撂下費利克斯。砰地一聲闔上書，以示不滿。但我愛我母親。我愛我姊。我母親把我打扮成企鵝。她修改了我父親的結婚禮服，沒有告訴我。禮服是黑的。絲質翻領閃閃發光。我很快穿上一件帶翼領[3]的白襯衫。我母親在我脖子上繫了一個領結。我好荒謬。漆皮鞋是我的尺碼，可是未免過於奢華。我這副模樣，跟毛頭小孩喬裝成花花公子沒兩樣。我母親說我好帥。

夜幕降臨，我姊在暮色中微笑，表示她也覺得我帥。她親親我母親，胳臂夾著小提琴出門了。我母親和我吃晚餐。馬鈴薯湯和黑麵包，每天都一樣。我母親讓我穿上做菜時穿的圍裙，以免弄髒禮服。

這座城市依舊半死不活，我走過城裡，人人都轉過頭來。我從沒感到這麼不自在。他們的目光令我感到沉重。我給人一種印象，彷彿從無憂無慮的戰前時空走出來，彷彿我打這道時間長廊邊上走過。我走得很快。我祈禱天光趕緊黯淡，讓我沒入黑夜。

全市逃過戰火蹂躪的地方並不多，這座公園是其中之一。五年間，砲彈徹頭徹尾放過了它，八成是因爲百年古樹、魚塘、日本小橋、花叢蓊蓊鬱鬱，不具任何危險。又或許，僅僅是因爲死神任性妄爲，隨時想襲擊就襲擊，隨地想降臨就降臨，毫不符合人類的任何邏輯。

演奏台周圍排了一圈鐵椅。好多椅子都還沒人坐。我在最不亮的地方，挑了一張椅子坐下。周圍的椅子都沒人坐。但願它們一直空著。管弦樂隊已經在現場，正在準備。我姊看到我，對我點了點頭。我以同樣方式回應她，而且盡可能縮在椅子上。現場將近一百人。值此時期，人人都穿得很差。盛裝出席的我，感覺自己彷彿是王子從天而降，落到他們中間。我感到羞愧。音樂會即將開始。現在只有演奏台裡面才是亮著的。燈光在音樂家臉上灑下金粉。音樂家清清嗓子，最後一次匆匆調音，接著，青年指揮家倏地從黑暗中走出，跑著上了三個台階，朝鼓掌的聽眾鞠躬致意後，轉向管弦樂隊，揚起指揮棒，擺出第一個手勢。

五月的夜空中洋溢起音符。聽眾專心聆聽。我稍微能放鬆一點。再也沒人注意我。我閉上眼睛。欣賞交響樂。我聽過，但不知道是哪支曲子。好幾星期以來，我姊一直在排練她的部分。所以我知道旋律、節奏、進行。但這一刻，彷彿有人將一副骨架覆以血肉。呈現在我眼前的，再也不只是巧妙組裝的骨頭，而是覆上了肌膚、秀髮的一整個身體，奇妙繁複，隨著血肉增多，有了生命。

一絲涼風隨著夜晚拂來，掀起園中千百處各式氣味齊放：微溫的土壤、刈下的草、腐殖土、玫瑰花瓣、稍微腐爛的紫藤花，還有高大椴樹和它那滿是花粉的花朵，彷彿將這些氣味全部囊括其中，卻又不僅如此。萬千香氣似乎因爲海頓的音樂而益發濃郁，要不就是海頓音樂延伸，以另一種質材賦予旋律獨特共鳴。好一段悠長曼妙時光。我忘了我的可笑裝扮，也忘了費利克斯・德・旺德奈斯。我沉浸於音樂和公園的春天香氣裡。第一樂章結束。隨著最後一個音符而來的寂靜遭掌聲打破。

我也要鼓掌，於是睜開了眼睛，看到我姊一臉開心。但我嚇了一跳。一個女人坐在我右邊。我沒聽到她過來，她已經坐在這兒了。她看著我。她對音樂會不感興趣。她的身體轉向我，一雙深暗大眼盯著我瞧。她的臉離我的非常近。我再也不敢動。她有著一頭漂亮的褐色長髮，披在肩上。第二樂章開始，這時那名女子對我微笑，吐出一個名字，維克托，一隻手同時往我臉頰伸了過來，無限地慢，一碰到我的臉頰，便用指背愛撫著它。我整個人愣住。

但願安妮遲到。但願她的公車沒開過去。我好得很。我還想繼續回憶。我又十五歲了。我在公園裡，靠近演奏台，我姊和她那群年輕朋友在那兒演奏海頓樂曲。毯子使我相當溫暖。離傍晚還遠著呢。椴樹香氣就像忠實朋友陪伴著我。

褐髮女子一直唸著維克托這個名字，一遍又一遍，毫不倦怠，一邊愛撫著我的臉，她雙眼含笑，驚訝地端詳著我的臉，就像你以爲永遠失去某位親人，卻找著了他。她可能有我母親的歲數。比她高。衣服舊歸舊，但看得出原本高貴雅緻。雖有幾處補綴，卻是上等料子。她往我靠得更近了。嘴唇湊到我耳邊，吻我之前，在我耳裡喃喃說著那個名字。我的心怦怦跳。沒人注意我們。我們是夜的肌理。第一個吻之後接著另一個，隨後又另一個。她捧起我的臉，把我的轉向她的。她又更靠近了。她的唇輕觸我的。維克托。隨後在那兒駐留良久。

第一次有人這麼吻我。我眼前一片迷濛。我發現雙唇結合竟然能產生這麼多溫柔與悸動。她脆弱的肉體在我身旁，緊貼著我自己脆弱的肉體。她微熱的氣息混進我的。隨後她的舌尖分開我的雙唇，進到我嘴裡，繞著我的舌頭打轉，將它帶入緩緩循環之前，先將帶著草莓冰淇淋和菸草味的唾液傾入我口中。源源不絕，甘美芬芳。

我扶你回去。涼意襲來。不，安妮，請妳讓我再多待一會兒。我和那名褐髮女子在一起。安妮噗嗤一笑。我的眼睛依然閉著。她知道。我講這件事給她聽過好多次。進行到哪兒了？她剛剛吻了我。吻你耳朵裡面？不，舌吻。這麼快。對，不過我們還是坐著。音樂會還沒結束。現在是優美的慢板。我兒子雖然是我兒子，但他什麼都不懂。我向來不敢跟他提及那名褐髮女子。安妮不是我兒子。她是一位十分親切的女人。她不評判我。她永遠也不會把我當成老糊塗。我去幫你準備晚餐。二十分鐘後再回來接你。毯子有點滑了下去，安妮稍微往上拉了拉，調整我頭下的枕頭，像對待新生兒那樣，溫柔地摸摸我稀疏的頭髮。我聽到她的腳步聲在礫石上遠去。

那名褐髮女子再度出現，離我近到不能再近。我感覺到她的身體貼著我的。我覺得自己彷彿喝醉了，但我從沒喝過酒，遑論喝醉。她撫摸我的禮服，隨後打開了它，她的手貼在襯衫上，解開三顆鈕扣，停在我的皮膚上，在上面游移。我再也沒法呼吸。我將死去。我十五歲，在海頓的音樂聲中，在椴樹令人暈眩的香氣中，我將死去。

我不自覺緊緊抱住那名褐髮女子。這時她閉上眼睛，臉朝後仰。我把我的臉探進她的胸口，吻著。我的吻如瀑布般傾瀉，落在她雙乳之間，她的乳房透過襤褸舊布料在發燙。她拉著我的手，往她腰間帶，來到腹窩。豐饒大地與寶島祕境的山川水澤就此開啟。

那件事以後，我設法想找到那名褐髮女子。一年到頭，我經常晚上去公園。我聽過許多音樂會，任何一場有將海頓列入節目表的都沒錯過。歲月流逝，我再也沒見過她。我不知道她的瘋狂最終是否致使她遠離人世。她是否因為過度缺乏愛而死。她是否因為永遠失去維克托，遭到苦痛齧食，最後從高高的橋上縱身一躍，或是投河自盡。時間並沒能改變我對她保有的記憶，連非常輕微的改變都沒有，若說多虧了她，我的第一次性經驗才令我心蕩神迷，殊不知我虧欠她的其實是女人的愛。

交響樂第三樂章伴隨著我們通往高大椴樹伸展著的絲絨天際。我們再也不是行走在現實生活裡，而是漫步在夢中。音樂使得這個夢如棉絮般飄飄然。數千年來，人類一直相信男神有時會與俗女結合，凡夫也曾受到女神獻媚。這個五月夜晚，我正在體驗我自己的神話。

我們躺在草地上。我們的眼睛在黑暗中尋找彼此。我們的瞳孔投在五月高空的星辰。我不是十五歲。我再也不是十五歲了。這並不意味著什麼。時間並不存在。時間是會計師的拙劣發明。褐髮女子輕巧溫柔，脫下了我的衣裳，而我也脫掉她的。我們赤身裸體緊緊相依。她的皮膚聞起來有椴樹花香。我是牧神。我的性器變硬。我又怕又著迷。她用兩隻手圈住它，彷彿握著蠟燭，生恐燭火熄滅。我將手指滑入她已經張開的兩腿之間。那兒的一切都滾燙清透。她引導我進到她裡面。天啊，那個第一次。我就像從崖頂一躍而下，完全不怕撞到地面。墜落期間，風兒裹著我，致我入醉。醉了又醉。

第四個也是最後一個樂章。最急板。

你上哪兒去了？你姊都到家好久了。她到處找你。你的禮服怎麼回事？天哪，怎麼變成這樣！總有一天，你會把我氣死。

我母親正在我家那幢樓入口處等我。她擔心得臉頰都陷了下去。她失去了丈夫，不想再失去兒子。我什麼都沒回答。我能說什麼呢？我上樓睡覺去。

我待在房裡，沉默了兩天。我母親端藥茶給我喝。應我要求，我姊每晚都拉海頓的慢板給我聽。她們兩個都以爲我病了。其實我僅僅是想延續我的夢。褐髮女子性器的香氣和她毛髮的記憶依然留在指尖。我吸著它們的氣息。我回到椴樹下。我回到她腹中。我因愛而惆悵。

我們現在得回去了。什麼？我們得回去了。你看，現在什麼都看不見囉，你會抓到死神喔。是死神會抓到我才對，安妮，而且比妳想的還快。少說傻話。來。我幫你。妳聞到椴樹香氣了吧。安妮扶我從躺椅起身。花了我們不知多久時間。天倏忽冷了。我的身子骨是在研缽裡被磨碎的雞骨頭。我全身痠痛。安妮，妳聞到香氣了嗎？沒有。什麼香氣？你在說什麼啊？我只聞到汽車廢氣，電車轟隆轟隆害我頭疼。我們走得跟蝸牛一樣慢。來吧，老先生。花園漆黑一片。屋子好遠。太遠。我想留在花園，睡在這兒。你瘋了。我的十五歲好遙遠。我這一生好遙遠。那名褐髮女子好遙遠。

我兒子出生，我將他取名爲維克托。老婆問我爲什麼。我撒了謊。我說這個名字很好聽。勝利之名。我們的兒子要去征服。這一切都太荒謬了。我不能說實話。我不能說出那名褐髮女子，她張開著的性器像在微笑，她欲仙欲死的愛、椴樹、海頓。公園，還有那些逃過戰火摧殘的樹。

我的生活幸福美滿。有一個愛我並且我愛的老婆。兒子就是兒子。我將死而無憾。你不會死的。我會。我不認爲我做過什麼錯事，萬一我做了，也是無意的。五月的那個夜晚，在椴樹葉簇下，我感覺到我的精子在褐髮女子的性器裡噴射，我聽到她愛的叫喊，她的呻吟，聽似獸受了傷，她的嘆息、她的嘶啞喘氣聲，我似乎猛然破繭而出，就此脫離了我自己。後來，我不知道自己可曾變回自己。莫非這標示著青春期宣告結束？通過這種粗暴入口，進入成人世界。想體會這種強烈快感，只能以隨後清醒時付出哀傷爲代價。感傷一波又一波。感傷餘波盪漾，永無盡日。

對我來說，你說的這些都太複雜了。你說得跟書一樣深奧。我什麼都沒聽懂。安妮把馬鈴薯湯舀進我盤裡。她切下一大片黑麵包。你爲什麼不讓我爲你準備點別的東西吃呢？一盤菜，讓你維持體力。有肉，有醬汁，有奶油。像你這種年紀，就是需要這些。像我這種年紀？妳啊，妳什麼都不知道，妳會知道我需要什麼嗎？我知道這種湯會害死你。裡面什麼都沒有。清得像水。

安妮，親愛的安妮，發發慈悲，讓我咀嚼品味我的十五歲吧。鬼魂就在那兒。靠近門那邊。妳看不到它們，但它們就在那兒。我愛的人。它們在那兒。它們在看著我們，妳卻看不見它們。你這在跟我胡說些什麼啊？妳太年輕，妳還有時間。在我眼裡，它們的形體每天都更清晰。我感到開心。我將成爲它們中的一員。妳不會懂的。它們很快就會將我攬進它們的五里霧中。我將感覺到它們的心隨著不存在的永恆節奏跳動。好歹把湯給喝了。快涼了。別跟我說鬼不鬼了，夜裡我會睡不著。那兒有著最濃郁的椴樹花香，演奏台上奏著優美慢板，還有那名褐髮女子的性器，狂野地緊緊包住我那青春的陽具。別說了，老糊塗。

妳說的對，我只是個老糊塗，一個十五歲的老糊塗。

生命就是這麼結束的，安妮：萬事論定，萬物重聚。我將睡去，從而終於活著。這個五月夜晚將很漫長。一座傾頹城市中的美麗公園，裡頭滿是有爲青年正在演奏交響樂。戰後。所有戰爭都結束了以後。我在大樹下，邊聽他們演奏，邊等著我這一生中極其珍貴的一個人，屆時我再也不需要閉上眼睛，妳看，因爲它們永遠睜得大大的。

1 fusain：指的是fusain du japon，學名爲Euonymus japonicus（冬青衛矛或日本衛矛），四季青爲俗名。

2 Le Lys dans la vallée：法國作家巴爾扎克創作的長篇小說，一八三六年首次出版。下文中的費利克斯·德·旺德奈斯追求亨莉埃特·德·莫瑟夫伯爵夫人爲書中的男女主人翁，後者因對婚姻生活不美滿，從而掀起感情波瀾，但始終堅守對丈夫保持忠貞。豈料，費利克斯竟禁不起貴婦迪特利小姐誘惑，墜入情網。《幽谷百合》這個愛情故事在巴爾札克的生花妙筆之下，分外悱惻纏綿。

3 col cassé：中文譯名多從英文wing collar。領立較高，領尖作一小摺角，多與領結搭配。

Irma Grese
伊爾瑪・格雷斯

是鎮長堅持的。這個女孩很老實。伊爾瑪。伊爾瑪・格雷斯[1]。運氣從沒好過。不怎麼聰明，但是人並不壞。家境不好。我們該幫她一把。於是院長也就被說服了。反正她也別無選擇，因爲養老院得仰仗鎮政府。她本人就是鎮長招聘來的。怎麼拒絕呢？何況快選舉了。鎮上分發的社會工作就像提供長輩們的聖誕包裹一樣多。母親叫女兒跟鎮長約好。跟他討點東西。什麼都行。妳向他示好就對了。搞不好可以討得一份工作。

兩德統一已經五年了。共產黨員變成自由主義分子，可窮人依然是窮人。這點我們搞不太懂。

女孩十七歲。不管誰跟她說話，她向來不看對方眼睛。她一直都給人一種印象，活得渾渾噩噩。一顆大頭，愣頭愣腦，臉頰過紅，幾近鮮紅。眼睛過藍。額頭過低。不醜也不美。四肢過於笨重。頭髮過細。金到發白。

她的簡歷只有三行。她只念到小學畢業。然後就輟學了。爲什麼？她聳聳肩，不置可否。院長堅持要她說。因爲鎮長還在這兒呢。女孩終於說了，因爲母親需要她。需要她幫忙。弟弟。妹妹。每隔一陣子，母親肚子裡就蹦出來一個。然而在他們那種世界裡向來都沒有父親，或者該說沒有好幾個父親。院長問她會做什麼，她又聳聳肩。樣樣都會一點。樣樣疏鬆。

她可以餵沒辦法自己吃飯的住民吃飯。說這話的是鎮長。她餵過弟弟妹妹。她可以餵老人家。喏。比方說我父親。妳說他每頓飯都得有人餵。現在變得害你們幾乎忙不過來。

院長確認是這樣沒錯。有何不可呢。她可以幫忙餵老人家。對。再做一點打掃工作。這樣就夠當全職。先試用三個月。好極了。鎮長站起身來。女孩不知道該怎麼辦。站起來還是留下來。院長送鎮長出去，又回到辦公室。女孩沒動。縮在椅子裡，就像誰把一塊肉擱在那兒似的。她穿著廉價牛仔褲。T恤太小件，一圈肚腩從褲頭腆了出來。頸後露出紋身。一個表意文字。這是什麼意思？院長爲了表示善意，這麼問她。女孩聳聳肩。我不知道。是中文。

院長帶她參觀機構。員工更衣室。配膳室。供住民使用的大型休閒室。飯廳。看電視的地方。兩間治療室。花園的部分。三條小徑。一個露台。四張桌子。幾把椅子。接著還有兩層樓寢室。到處都是輪椅，彷彿爲了要玩怪異的角色扮演遊戲，所以根據某種神祕順序排列，老朽軀體窩在這些輪椅上一動不動，腹部綁著帆布帶以免掉下去，面容塌陷，不見得總是能看得出是男是女。

院長興高采烈，向他們打招呼，叫著他們的名字。有幾個人回她。大部分的人唯有緩緩抬起發白雙眼往她這邊看，嘴唇動了動，沒發出一丁點兒聲音。有的甚至連反應都沒有。

女孩像動物一樣跟著院長。她覺得這裡老人太多了。老人眞的太多了。他們在這兒等什麼呢？他們有什麼用嗎？大家眞的需要爲他們忙進忙出嗎？還有這股氣味。湯和髒尿片。她不喜歡這個地方。可以嗎？院長問她。女孩聳聳肩，回院長說還好。我把妳介紹給鎮長先生的爸爸。就是這間。一〇四號房。

院長開開心心，輕輕敲了三下門。她們進了去。房間泛著和走道同一股氣味，只不過更難聞。因爲房門關著。靠近窗戶的地方有一台輪椅，和所有其他輪椅一模一樣。輪椅上坐著一個老頭，長得很像鎮長。比較瘦削。比較灰白。比較衰老。多了三十歲。

你好，維克托！今天覺得怎麼樣啊？院長撫著他的肩膀問道。老頭瞧了她一眼。眼中好像閃過一絲笑意，不過旋即消失。

跟你介紹一下你的新守護天使！這位小姐會把你照顧得無微不至。你吃飯，她會幫你。她人眞好，對不對啊？

老頭死氣沉沉的眼睛投向女孩。就在這一瞬間，笑容彷彿又浮現出來，但立刻又沉了回去，就像笑實在太花力氣了。

我讓你們先認識一下。然後妳再回我辦公室簽約。

房裡沒有半樣東西亂攤亂放。彷彿老頭只是在此過境。沒有衣服。沒有雜誌。床鋪得無可挑剔。牆面光禿禿。黃色和藍色。什麼都沒有。床頭櫃上，沒有花瓶，也沒有綠色植物，只有一只玻璃杯裝滿了水，水裡有一副假牙。

一扇門面向衛浴。淋浴裝置附帶座椅。廁所。臉盆。浴室櫃。女孩脫下牛仔褲、內褲。坐上馬桶座，馬桶座好高。她時間多得是。

女孩回到房裡。老頭目光尾隨著她。她沒看他。彷彿他不存在。她打開壁櫥。四條內褲。幾雙襪子。一條長褲。三件襯衫。兩件背心。一個挎包。包裡有皮夾。身分證。駕照。選舉證。一張非常老的黑白照片，照片上是一群阿兵哥，笑嘻嘻地在車廂前面，身邊有狗，用狗繩栓著。兩張十德國馬克的鈔票。三個一馬克的硬幣。她猶豫了一下。放下它們。關上壁櫥。

她在床上坐了下來。老頭哼哼唧唧，要不就是想說些什麼。她管他的。她望著窗外。看到樹、屋頂，還有「末日」招牌頂端，閃閃發光，這間酒吧晚上可以跳舞。是一個慕尼黑人開的。一個西德來的傢伙，和每個西德人一樣，開著大賓士，車窗黑黢黢的，買下了半個鎮，用鼻孔看他們，好像他們全是鄉巴佬。

她挺想一輩子都待在「末日」。可是得有錢哪。其實，她壓根兒就很少去。音樂。跳舞。她喜歡跳舞。跳舞可養活不了妳！母親對她說。她聳聳肩。她繼續在她房裡跳舞。音樂開到最大聲。弟弟妹妹在旁邊吵鬧，哭的哭，告狀的告狀。餓的餓。睡的睡。渴的渴。

還好嗎？她撇撇嘴，代表還好的意思。以後妳就知道，鎮長他父親不挑剔。有時候他會哼哼軍歌老調，妳別驚訝。隨他去。反正又沒傷害到任何人。戰爭給他留下烙印。我是說，他付出了代價。每個人都犯了錯。尤其是那個時候。他有權安享晚年。院長在跟她說什麼啊？她完全聽不懂。戰爭對她來說是中世紀。

她在契約上簽名。像八歲時那樣把名字的筆畫描了又描。斗大的字，歪歪扭扭。描這些需要時間。在院長注視下吐著舌頭，院長不太知道該怎麼看待這個女孩。她跟女孩約好第二天七點見。女孩眼睛大睜，嘴巴大開。七點？她又重複一遍，難以置信。院長跟她確認。沒錯。七點。

她賴了半天才起來。她是全家第一個起床的。她喝了杯冷牛奶。沒洗澡就換上衣服。沒時間。不想洗。母親還在床上。弟弟妹妹也是。她看到早上的世界。她好久沒這樣過。行人匆匆。跑著趕上班。一些瘋子。愁眉苦臉。從現在起，她是其中一員。

她到了養老院，院長正在等她。院長提醒她遲到五分鐘。第一天就遲到五分鐘。壞的開始。五分鐘改變得了什麼嗎？老人又不差這五分鐘。他們有的是時間。她什麼都沒回答。

院長陪她去了配膳室。教她怎麼幫鎮長父親準備早餐餐盤：咖啡加牛奶、兩片麵包、奶油、果醬。一個優格。一罐蘋果泥。這些他全部都得吃掉。我堅持。慢慢吃。吃完以後，妳稍微等一下，再帶他去上大號。上什麼？

上廁所，妳要這麼說也行。讓他在馬桶上坐好以後，妳再出來。妳等著。我等什麼？妳覺得呢？她懂了，感到一陣噁心。然後我要怎麼樣？妳幫他擦。我幫他擦？妳幫他擦。妳幫他把褲子穿好。妳再帶他坐回輪椅。

她看著地面。米色方磚，灰色接縫。她倒胃口，撇了撇嘴。這樣可以嗎？院長問。女孩聳聳肩。那就先這樣吧。妳現在該過去那邊了。

已經有人把老頭抱了起來，並且梳洗穿戴好。輪椅也推到一張小桌子前，他正坐在上頭等她。她把餐盤放在小桌子上。老頭的目光尾隨著她。她沒向他道早安。道早安有什麼用。有人跟她解釋過，他喪失說話能力。搞不好還神智不清。他八成也聽不見。

她放下餐盤。在他對面坐下。拿起一片麵包，往他嘴邊送。他張開嘴。他的眼睛一亮。他張開假牙，假牙又合攏在麵包上。她抽出麵包片。老頭扯下了一小塊，開始嚼。好慢。

他在嚼。口水直流。聲音真難聽，好像誰在擰乾海綿那樣，鼻子還邊一吸一吸的。他終於咽了下去。她又把麵包片往他嘴邊送。他像她小時候養的那隻烏龜，她給牠吃沙拉葉，牠一口咬住。他花了十分鐘才吃完第一片麵包。

接著她拿起碗餵他喝，咖啡加牛奶已經涼了。一半都流到下巴和脖子上、圍兜上。她又開始餵。老頭咕嘟咕嘟。她進攻第二片麵包。永遠也吃不完。簡直就像懲罰。她現在明明可以正在做別的事。在別的地方。睡覺。還剩下優格和果泥。用小湯匙。一湯匙一湯匙。沒完沒了。她開始舀果泥，老頭眼睛一亮。他八成喜歡吃。他發出細碎聲音。猶如興奮的齧齒動物。老頭滿嘴都是果醬、奶油、咖啡牛奶、優格、果泥。簡直像個超老的貝比，滿臉皺紋，醜得可怕。她用圍兜幫他擦乾淨。

老頭看著她。瘦削的腦袋瓜晃個不停。頭看起來好像裝在彈簧上。她推開桌子，抓著他的胳肢窩，把他從輪椅揪下來。他站著，比她矮一個頭。她撐著他，領著他進了浴室。他往前走，跟日本機器人似的，雙腳在地上滑動，動作遲緩不穩，彷彿電池快沒電了。

他停在廁所旁邊，轉了個身。她解開他的長褲腰帶，解開釦子，拉下褲頭。長褲自己掉了下去。露出超大號白色三角褲，裡頭伸出兩條萎縮的小雞腿，白白的，沒毛。她撇過頭去，拉下老頭的三角褲，把他放在馬桶座上。她留下他一個人。她回去房間，在床上坐下。望著窗外。樹。屋頂。「末日」的招牌。等了半小時。

她回到浴室。老頭在馬桶上打瞌睡。他在打呼。她沖了馬桶。吵醒了他。因爲沖馬桶的聲音，也因爲水噴在他屁股上。她扶他站起來。眼睛轉到一邊，拉起三角褲、長褲。鈕扣。褲頭。腰帶。又把老頭放回輪椅。把他推到窗邊。拿起早餐餐盤。端到樓下配膳室。

妳接著清洗樓下兩條走道。然後，下午的時候，妳再清洗樓上兩條。這樣工作時數才夠。有人給她兩個水桶、一個擦地刷、一支拖把、一些清潔用品，全都放在手推車上。他們把她當誰了？當佣人嗎？她把這些話嚥了回去，推起推車。開始清洗第一條走道。她憤憤不平，四肢著地，跪在地上清潔。三個老太婆，身著褪色襯衫，髮色淡紫[2]，活像三姊妹，輪椅並排斜停在旁邊，看她渾身是勁兒，無比豔羨。這個女孩可眞吃苦耐勞啊，一個老太婆說。而且有幹勁兒，另一個說。而且看她這樣眞美，第三個，眼鏡掛在金鍊上，加了這句。

她既沒看她們一眼，也沒說一句話。她繼續清洗底樓的第二條走道。才剛清完，一個老頭開著電動輪椅，發出咖啡機那樣嗤哩嚓啦的聲音經過。他從花園回來。他開了過去，潮溼地面留下兩道平行軌跡，長長的，亮亮的，沾滿堆肥。她眞想把他給宰了。

已經又到了時候，該去配膳室準備老頭的午餐餐盤。廚師是土耳其人，四十來歲，黑黑瘦瘦的。他有兩顆金牙，手上有美人魚刺青。她在「末日」見過他。

老有女生黏著他。她端著餐盤，餐盤上放著胡蘿蔔絲、碎肉牛排、豌豆、糖水梨，他趁機摸她屁股。你敢再摸，我就把餐盤砸在你臉上。妳砸砸看哪，他對她說，嬉皮笑臉。你眞的很討厭欸，她終於也笑了。廚師那兩隻手搞得她打從裡頭發燒。他叫厄澤克。

老頭沒動，還在窗邊。她看不出現在這個樣子和死了有什麼區別。這樣活著還有什麼用呢？她放下餐盤。幫他戴上圍兜。遞出第一叉胡蘿蔔。又開始像早上一樣。

只不過花了兩倍時間。她再也受不了了。老頭吞嚥困難。他把所有東西都含在嘴裡。不管她給他喝多少水。他都像倉鼠一樣囤積。看上去他每邊臉頰都有一顆乒乓球。她按了下去。

老頭似乎懂了。惶惑不安，眼睛骨碌骨碌轉，使勁想嚥下去，反而害自己嗆到，嘴裡的一半東西都吐在圍兜上。她罵了他一頓。她用餐巾紙擦了擦，全部扔進馬桶。現在努力給我吃下去！

她給老頭水喝，老頭以軍事化的動作，一口水一口碎牛肉排，把牛排嚥了下去。但是當她一匙一匙餵他吃豌豆的時候，他卻緊緊閉著嘴唇。任憑她再怎麼使勁用力塞都沒用。你故意找我麻煩，是嗎？

然而，他看著糖水梨，眼中倒是閃過一絲艷羨。她意識到這點。她拿起那一小盅，切下一小塊梨子，舀了點糖汁放在湯匙裡，伸到老頭面前，他立刻張開了嘴。你想得美！她縮回湯匙。不吃豌豆，就不能吃梨子，你給我記好！她把糖水梨倒進豌豆盤。站起來。把一整盤都倒進馬桶。沖掉。老頭眼睜睜看著她這麼做，大而哀傷的眼睛骨碌骨碌轉。她扶起他，把他拖進浴室，脫掉他的衣服，把他放在馬桶座上。關上門。在床上坐下。

樹。屋頂。「末日」的招牌。廚師的手放在她屁股上。他的手上有美人魚。她感覺一陣燥熱。她想自慰。她不敢。在床上。在老頭房裡。萬一有人進來的話呢。可能是院長。或護士。

她去找老頭。幫他穿回內褲。沖了馬桶。把他往床那邊拖。讓他午睡。然後妳就可以離開。妳把百葉窗拉下來一點。就這樣而已。

現在是她的休息時間。她有權休息。吃午餐，但她並不餓。她走到外面。配膳室那幢樓後面。兩把椅子。低矮窗台上有煙灰缸。她拿出隨身聽和耳機，放起音樂。開到最大聲。節奏。只有節奏。單純。狂野。她抽了兩根菸。她什麼都沒想。沉浸於音樂。她的臉對著太陽，眼睛始終閉著。她很好。她忘了那個老頭。一朵雲遮住太陽。她睜開眼睛。沒有雲，是廚師在她面前，他點著一根菸，用她熟悉的眼神看著她，帶著她熟悉的微笑，使得她的腹部激盪不已。他在和她說話，她什麼也聽不到。她摘下耳機。

妳幾歲？十八，她撒謊。十八歲很好啊。那你呢？她問。三十七。你好老。老才好啊。老才懂嘛。懂什麼？妳要我秀給妳看嗎？她聳聳肩。她捻熄菸。清洗走道的時間到了。我得走了。他擋在門口。你閃開。妳過去啊。你閃開。那妳推我啊。她把他推到一邊。感覺到他那蛇一般的身體頂著她的手。聳聳肩。笑了笑。他摸了她的臉頰和乳房一把。

她開始清洗樓上走道，她覺得好累。她不習慣像這樣使勁擦。這麼久。這麼用力。何況也不明白為什麼。明明就很乾淨。這個時候，走道空無一人。老人家要麼在房裡，要麼在外面，在樹蔭下，在花園裡。也有一些在活動室看電視、打盹兒。

一切都好吧？她沒聽到院長的聲音。院長在她身後。碩大無朋。站著。而她，四肢著地，跪著。她聳聳肩。都很好。院長看看錶。五點三十分的時候，別忘了準備餐盤。我走了。是啊，快走吧。回妳辦公室去。回妳安樂窩去吧。

她清洗了兩條走道。看著地板變乾，什麼都沒想。然後把清潔用具拿下樓，放好。去抽了根菸。她聽到廚師在唱歌，可是沒看到他。湯的氣味從一扇窗裡飄出。她討厭湯。從小就討厭。時間眞難捱。時間向來都很難捱。她什麼時候才能逃開？過自己的生活？她的，不是她那個愚蠢母親的。

她看到配膳室爲老頭準備的餐盤，她心想這回會吃得比較快。湯。碎火腿。馬鈴薯泥。布丁。全都軟趴趴的。

她進去的時候，老頭沒反應。他總是在同一個地方。在輪椅上。轉向窗戶。眼睛閉著。搞不好他已經死了。她把餐盤放在桌上，發出聲音。他沒睜眼。頭垂在胸前。她用指尖搖搖他。他抬起頭，睜開眼，看到她。不解地看著餐盤。又看回她。她打開圍兜，往他脖子一套。一切又重新開始。慢。一湯匙一湯匙。一口一口。東西含在嘴裡。折磨。酷刑。何況她開始覺得餓了。她吃了那片麵包。接著又吃了布丁。誰叫你不吃快一點。快六點半了。她把剩下的湯、馬鈴薯泥、火腿倒進馬桶，沖掉，把老頭放在馬桶上。接下來已經不關她的事了。她結束了她一天的工作。現在輪到別人。

怎麼樣？她進家門時，母親問她。什麼怎麼樣？做得怎麼樣？她聳聳肩。去照顧弟弟。妳腦子壞掉了嗎？什麼？我工作了一整天！那我呢？難道我就閒著沒事幹？她衝進自己房裡，鎖上門，把音樂開到最大聲。母親的大吼大叫聲消失在低音樂器聲中。她跳舞。她跳了一個小時。什麼都沒想。然後想到廚師的手。想到藍色美人魚圖案。

第二天，她準時到院。院長稱讚她準時。她去了配膳室。沒看到廚師，他可能晚點到，或是正在別處忙。她拿了一碗咖啡、牛奶、兩片吐司。優格。蘋果泥。全放在餐盤上。上樓進了老頭房裡。

房裡充斥著一股夜的味道。尿和燥熱獸味。床鋪好了，可是沒有人讓房間通風透氣。老頭已經梳洗完畢，穿好衣服，靠窗坐在輪椅上。他在哼歌。旗幟高舉！隊伍緊排！衝鋒隊以鎮定堅毅的步伐行進。[3]這麼哼著歌，好像讓他很興奮。他用一隻腳打著拍子。她沒聽過這首歌。她走向他，沒說一句話，把餐盤放在桌上，把圍兜繫在他脖子上。他住口，不唱了。雖然才第二天，她已經覺得自己重複同樣動作了一千遍。她打開窗戶。雨落了下來。烏鶇在草坪上蹦跳著啾啾叫。

她開始餵老頭。跟前一天一樣。慢。沒救了。她早就想賞他一巴掌。隨後她餓了。她早上起床時只來得及沖個澡，沒時間吞點東西。老頭吃第二片吐司的時候，突然停下來。她吃了果泥。然後吃優格。他看著她。他突然不嚼了。怎麼樣？這樣有怎麼樣嗎？反正你又不想吃？難道不對嗎？而且這樣我們才節省時間。好了，現在去嗯嗯吧！她領著他進了浴室。拉下他的長褲、三角褲，讓他坐在馬桶座上。任他把還沒吃完的吐司拿在手上。吃完！非吃完不可。我等等過來，什麼都不想看到。

她回去坐在床上。打了個哈欠。

稍晚就是水桶、走道、午餐、別的走道、晚餐。

一成不變。

像這樣。

每天。

還有晚上，母親無緣無故找她碴。

唯一改變的是休息時間。在外面抽一兩根菸。或是如果廚師在的話，就讓他愛撫。只有他們兩個。他帶她去儲藏室。他用他那雙美人魚的手輕撫她。他就著T恤摸她的乳房，拉下她的內褲。他用他那國的語言和她說話。通常她不喜歡土耳其人、外國人、穆斯林。他們搶了眞正德國人的工作。正是因爲他們這種人，才害她過得連狗都不如。但他，不一樣。他把手指插進她裡面，她整個都溼了，呻吟起來。他的手指纖細修長，燃燒了她。隨後他叫她跪下。他從褲子裡掏出雞巴。她的臉消失在圍裙底下。她吸了好久。他射在她嘴裡。她不太喜歡這樣，但什麼都不敢說。

第一個星期就這麼過了。要死不活的一世紀。偶爾閃出幾道光。她再也受不了這個老頭。她原本可以在別的地方。在她床上睡覺。跳舞。在「末日」周遭流連。和廚師一起抽菸。吻他，吸他，任他愛撫。

結果，她卻在一叉子一叉子把馬鈴薯泥往一張嘴裡送。

何況接下來還有別的星期。她不禁恨起他來。彷彿老頭偷走她的時間、她的青春。他是她的懲罰。要不是他，她原本可以做很多其他事。他慢吞吞，害她一肚子火。還有他那股味道。他那條愚蠢的歌。總是同一條。他哼了又哼，一遍又一遍。他的膚色。他流著眼油溼漉漉的大眼睛。一整顆頭都在抖啊抖地。他那雙手，瘦削多節，青筋暴起，像蚯蚓一樣扭來扭去。令人厭惡。廢物。我們連他腦子裡在想什麼東西都不知道。甚至不知道他腦子裡還有沒有東西。搞不好腦子已經變得整個空心，就像冬天過後會在花園裡面發現的死蝸牛殼，被腳後跟踩了個稀巴爛。

她再也不傷腦筋怎麼讓他把整頓飯都吞下去。一半都被她吃了，或者四分之三，或者全部，取決於她餓不餓、這些菜她想不想吃。這些是廚師準備的。她邊吃，邊想著他的手，他的皮膚，還有他的性器，有天晚上，在儲藏室，他把它塞進她裡面。那是她的第一次。她好痛。流了血。同一時間，她也感到天旋地轉。妳喜歡這樣。對，她這麼回他。這些吃的東西使她想起了他。餵了老頭兩三口後，要是她不怎麼餓，她就把它們全都倒進馬桶。沖掉。把老頭放在馬桶座上。把他留在那兒半個小時。

老頭一天比一天衰弱。時間都花在打瞌睡，意識處於半昏半醒狀態。他的脖子好像巢中雛鳥，還沒長出半根羽絨，只看到紅紅的肉，勉勉強強被薄薄的、脆弱的、半透明的皮膚包覆著。熱熱的。

他吃得好不好？好。他全都吃完了嗎？對。院長看著鎮長的父親。女孩在旁邊。偏偏他瘦了好多。女孩聳聳肩。

老頭閉著眼睛。頭歪在胸前。輕輕打著鼾。

醫生過來幫他聽診。貧血。年紀大了。反正都是些很普通的毛病。他幫老頭靜脈輸液。女孩看著點滴。你高興了吧？你想害我被炒魷魚，是嗎？她益發討厭老頭。她吃完芹菜沙拉。進攻雞胸肉。她讓一小塊一小塊的雞胸肉在他眼前飛舞，藉此捉弄他。他張開嘴。他的眼睛一閃一閃，露出想吃的眼神。渴望得渾身發抖。她把那一小塊拿遠。吞了下去。好好吃喔。雞肉眞好吃。她以此爲樂。老頭連叫喊的力氣都沒有，不過目帶懇求。她才不會心軟。她吃完了他的午餐。把老頭帶到廁所。把他撂在那兒。自個兒往床上一躺。

她邊清洗走道，邊想著廚師。她想像他在她後面。當她四肢著地的時候。有一次他在儲藏室裡像這樣占有過她。於是她又想起老頭皮夾裡照片中的那幾條狗，當她終於拿走那幾張十德國馬克鈔票的時候，她仔細看過。他要這些錢幹什麼？老頭八成是其中一名士兵。最左邊那個。她認出了他的招風耳。他們前面還有一個人，非常瘦，穿著滑稽的條紋服裝，四肢著地，彷彿他也是條狗。那幾個阿兵哥看的就是他。逗他們大笑的就是他。不過那傢伙沒笑。

想廚師，一整天過得比較快。他們每天傍晚都做愛。趁著她把老頭餐盤端回去的時候。感覺他在她裡面好舒服。妳有避孕吧？有，她撒謊。很好。她吻著他那雙美人魚的手。

醫生搞不懂。輸液也輸了。每頓飯也都吃了。老頭卻漸漸愈來愈沒生氣。院方通知鎮長。

有一天，她看到鎮長在房裡，坐在老頭身邊。她端著餐盤進去。來。來。她把餐盤放在床邊桌上。老頭躺在床上。眼睛閉著。

快結束了，鎮長說。他算長壽的了。人哪，最後都會這樣，他加上這句。她想：我不會。我最後才不會這樣。我有的是時間。我十七歲。

謝謝妳做的一切，鎮長繼續說道。她不懂。願意照顧長輩眞好。妳是個好女孩。她聳聳肩。老頭喘了口大粗氣，彷彿他翻遍肺部每個角落才找到一絲空氣。妳讓我們兩個人待著吧。我需要和他單獨相處。她又拿起餐盤。離開寢室。下樓去配膳室。她不太知道該怎麼辦。她去拿推車、刷地擦、水桶、清潔用品、拖把。開始清洗走道。

當天傍晚，老頭過世。

第二天她就知道了。

我不知道我該拿妳怎麼辦。院長在想。她把女孩叫進辦公室。她看著站在自己面前的這個女孩，女孩低著頭，粗大的手指扭来絞去。鎮長人很好，可是現在他父親走了，我沒有足夠的工作給妳做。妳懂嗎？女孩聳聳肩。因爲她覺得院長在等她回話，於是就說她懂。

好吧。妳還年輕。我幫妳寫封推薦信。

中午不到，她就回家了。妳被趕出來了？沒有。妳做錯什麼了嗎？沒有。我該拿妳怎麼辦噢！母親穿著浴袍，猛搖頭。女孩聳聳肩。反正這份工作爛得要命。

她進了她房間。把音樂開到最大聲。她想跳舞，可是突然想吐。她躺平在床上。手放在肚子上面。不想吐了。她點了根菸。她想到老頭。想到他的頭，乾癟得跟木乃伊似的。想到他的嘴巴。她用廚師的手驅走了那個影像。廚師的美人魚紋身。他那亢奮又輕柔的手指。他那硬到不行的雞巴。他那古銅色又緊實的肌膚。她心想，晚上她要去「末日」。她是自由的。她再也不用排班了。第二天她可以睡到中午。再也沒人對她發號施令。從今以後，她這輩子可以想怎麼樣就怎麼樣。

她懷孕七週。
她還不知道。

1 Irma Grese：與納粹黨衛軍成員Irma Grese（一九二三—一九四五）同名同姓，克婁代應是刻意做此安排。此女曾任拉文斯布呂克（Ravensbrück）與奧斯威辛（Auschwitz）集中營守衛，並擔任伯根—伯爾森（Bergen-Belsen）集中營典獄長。她在第二次世界大戰結束後被指控虐待和謀殺集中營囚犯，遭判處死刑。

2 老年人毛髮品質下降，染髮時紫色最容易固定，所以西方老婦人經常染成偏紫色。

3 作者註：「Die Fahne hoch ! Die Reihen dicht geschlossen. SA marchiert mit ruhig festen Schritt」取自《霍斯特・威塞爾之歌》（Horst-Wessel-Lied）歌詞片段，這首歌原爲衝鋒隊隊歌，後來成爲納粹黨黨歌。

Gnadentod
仁慈死亡

拍賣弗朗茨・馬克從未發表過的素描作品

五月二十六日，約四十幅弗朗茨・馬克[1]（一八八〇—一九四〇）的素描作品將在巴黎著名的德魯奧大飯店進行拍賣。弗朗茨・馬克，今日被視為是二十世紀上半葉其中一位最偉大的藝術家，在如今通稱為T－4的行動中，慘遭納粹當局殺害，據悉有將近八萬名身心障礙人士及其他精神病院住民在該行動中慘遭毒氣屠殺。藝術史教授暨弗朗茨・馬克作品專家維多利亞・查爾斯受託為這次由塔詹[2]拍賣行主辦的拍賣作品鑑定真偽，「毫無疑問，這些素描作品出於『藍騎士』[3]創始人之手」。此外，她還補充說明這些素描是「馬克作品的重大發現，因為這幾幅素描的日期為一九三七年七月，因而證明了，不同於世人向來所見，這位藝術家於第一次世界大戰後並沒有放棄創作。」這些素描大部分畫的是狼和狗，預估可以拍出九萬歐元。

本文摘自二〇〇四年五月十六日刊登於
《法蘭克福匯報》
一篇署名D.K.的報導

病歷號碼：21-AG-3206

弗朗茨・莫里茨・威廉・馬克

備註：FM 7140 3KTE

茲於本日，一九四〇年一月七日，公共衛生調查委員會奉命調查對弗朗茨・莫里茨・威廉・馬克進行患者評估一案。本案當事人爲德國公民，一八八〇年二月八日出生於慕尼黑，現年六十歲，自一九二三年八月以來，一直住在埃格爾芬—哈爾公立療養院，是爲該院最資深住民。

病歷顯示，入住該院之前，本案當事人曾先後待過其他精神病院三次，時間長短不一。其中第一次是在一九二〇年五月五日因擾亂公共秩序，在柏林街頭遭到警方逮捕後收治入院。警方報告指出，當時當事人爬上櫻桃街長凳，慢慢脫去衣服，邊走邊將衣服摺好，並且穩穩放在頭上，一直脫到全身赤裸爲止。直到警察介入，他才停止作爲，不過，遭到警察制止時，他一句話也沒說，也沒反抗。

審訊期間，當事人全程保持緘默，警方很快就發現該案隸屬於精神病範疇。於是將當事人轉介給P. B.蕭茲鑑定機構的施尼格醫生，從而診斷出當事人因罹患重度緊張性精神分裂症造成譫妄，建議立即收治。當事人的妻子，瑪麗亞・馬克（娘家本姓弗蘭克），並未表示反對。於是當事人便在施尼格醫生負責管理的精神醫療院所度過了五個月，不過，既然一九二〇年十月中旬，幾位醫生宣布當事人符合出院資格，可見在該院接受以電擊爲主的治療頗有成效。

弗朗茨・馬克的病歷顯示，一九二一年三月初，他自行來到該醫療院所大門前。

他的妻子並不知情。面對醫生提問，他毫無反應，一逕保持沉默。一九二〇年十二月施尼格醫生去世，繼任者威拉特醫生決定將本案當事人收治入院。這次，他一待就待了將近一年。群醫繼續對他施以電療，他也反應良好。由於他並不會造成任何重大危害，所以他被收治於該機構的日子再度結束。

弗朗茨．馬克於一九二二年二月三日出院。根據推測，他又回去和妻子一起生活，當時她已定居於慕尼黑，至今依然住在該地。

一九二三年夏天，從好幾份警方輕案報告一覽表中可以看到弗朗茨．馬克也名列其中。他涉及的案件全部都發生於慕尼黑英國公園，尤其是在中國塔附近。根據目擊者證詞，他們發現弗朗茨．馬克在草坪上爬行，又慢又小心翼翼，就像士兵準備發動襲擊那樣，朝著坐在啤酒花園的夏季遊客方向匍匐前進。雖然他並沒顯現出有任何暴力傾向，但這種行爲畢竟還是嚇壞孩子，也惹惱公眾。公園管理員報警。一九二三年八月五日，弗朗茨．馬克遭到逮捕，完全沒有抵抗。他的妻子簽署許可，他進了埃格爾芬—哈爾公立療養院，從此一直待在該院。

多年以來，弗朗茨・馬克一直都接受電痙攣療法，不過當醫生意識到患者不會對他自己或他人造成任何傷害，便停止了對其施以治療。由於他聽話又平靜，總是沉默不語，隨著時間過去，該療養院便雇用他做些雜務，他全心全意完成院方委託他做的工作，包括：園藝及清洗地板、廁所、水塔，製作紙袋，擇菜。幾份報告中提到他只拒絕過一次，當時院內要整修宿舍，要求弗朗茨・馬克幫忙漆油漆，結果他扔掉別人給他的油漆刷，還掀翻油漆罐。

弗朗茨・馬克身爲畫家的兒子，他本人也曾在慕尼黑美術學院學習繪畫，而且以藝術爲業直到第一次世界大戰，並在一個腐敗墮落的社會中取得相當成就，眾所皆知這個社會對戰敗該負多少責任，但他竟然拒絕漆油漆，似乎分外令人詫異。不過想必他受到戰爭創傷影響，恍然大悟後，從而毅然決然拋下藝術蠱惑人心的主張，因爲藝術並非解決之道，僅能通往謊言，促使墮落發酵。

就這方面，讀一下蓋斯特納醫生於一九三七年六月二十八日參觀完「墮落藝術」[4]展覽後寫的一份報告會更清楚。該月月初開始，深具教化作用的「墮落藝術」展便在考古研究所天井向公眾開放展出，蓋斯特納醫生陪同幾位狀況最穩定的病患一起前去參觀，其中就包括弗朗茨．馬克。展出作品中，有些是由弗朗茨．馬克本人所繪，加斯特納醫生安排他站在這些畫作前面，觀察他的反應，於是注意到弗朗茨．馬克沒有顯示出任何情緒或感情波動。醫生向弗朗茨．馬克指出這些畫是他過去畫的，豈料他非但沒有進一步反應，反而走開。

後來，同一天早上，當這一小群人去參觀位於「墮落藝術」展對面的德國藝術之家的時候，加斯特納醫生觀察到弗朗茨．馬克的行爲，他似乎對那邊展出那些見證德國才華的作品表現出極大興趣。加斯特納醫生特別指出，當事人在阿道夫・齊格勒[5]的傑作《四個要素》前流連甚久，這幅畫作屬於元首所有，元首特地好意出借此畫以一饗參觀者。

「病人變了一張臉，」加斯特納醫生在報告中指出，「臉上浮現一絲微笑，這是在此之前，我從未觀察到的，因爲他向來一臉心不在焉，面露呆滯，從沒顯示出任何別的表情。由此可見，儘管他神智不清，顯然依舊爲作品的力量與宏偉而感動，這就傾向於證明，只要藝術臻於絕妙境界並被賦予教化作用，連最混沌不安的心靈也能打動。」

有此發現後，這位臨床醫師設法重振弗朗茨・馬克的繪畫喜好，希望藉以改善病情。加斯特納醫生曾三度邀請他坐在桌旁，桌上事先擺好紙張、鉛筆、幾枝畫筆、顏料。弗朗茨・馬克坐了兩個小時，沒有碰任何東西，眼神空洞，望著對面的牆。醫生終止了這些實驗。

從院方交給本委員會的弗朗茨．馬克臨床檢查報告看來，證明當事人整體健康狀況令人滿意。心臟檢查未見任何異常。血壓正常，脈搏規律。醫務室紀錄證明當事人體格強健，抵抗力佳，因爲這些年來，他只感染過一次流感，從沒接受過其他任何病理治療。

弗朗茨．馬克於一九一六年在凡爾登戰役中受砲彈爆發波及受傷，曾經接受過顱骨穿孔術。左耳從此失聰，右耳聽力受損，估計只剩正常水準的四分之三。即便由於當事人完全不合作，對本委員會的各種問題及要求毫無反應，致使聽力檢查無法證明上述推論，不過依然可以假設當事人聽力隨著年齡增長而略微惡化。

本報告將以下列事實作結：除了妻子以外，弗朗茨．馬克沒有其他親人，二月八日，他生日當天，以及七月二十二日，似乎是他們相識紀念日，她都會到院探視。我們詢問過工作人員，他們表示當事人對這些探視全然無動於衷，看似認不出妻子。

至於他妻子，她則會留下來一個小時陪伴當事人，握著他的手，想辦法和他說話，但從來沒得到任何回應。

希特勒萬歲！

本報告由下列署名者撰寫

埃米爾．洛爾醫生

以及費迪南德．布雷耶醫生，

並轉呈德意志國

精神病院事務委員會

一九四〇年一月七日，書於埃格爾芬——哈爾

拍賣紀錄

五月二十四日，由塔詹拍賣行主辦的當代藝術拍賣會上出現一些絕無僅有的拍賣品，其中尤以一整套出於弗朗茨・馬克（一八八〇－一九四〇）之手的素描作品最引人矚目。弗朗茨・馬克是二十世紀初期德國前衛藝術其中一位主要藝術家。這套作品由一位私人收藏家以不包括銷售費用的總價四十三萬歐元得標，創下這位藝術家素描作品的世界紀錄。

本文署名為Fr. H.，

刊登於二〇〇四年五月二十八日發行之《世界報》

病歷號碼：21-AG-3206
弗朗茨・莫里茨・威廉・馬克
意見編號：CVT-54-H-45832

茲於本日，一九四〇年二月十六日，衛生委員會審查了患者弗朗茨・莫里茨・威廉・馬克之21-AG-3206號相關病歷，以及埃米爾・洛爾醫生和費迪南德・布雷耶醫生於一九四〇年一月七日訪視埃格爾芬－哈爾精神病院後撰寫之報告，這份報告隸屬於評估該院患者公共衛生調查的一部分，並登錄爲FM 7140 3KTE號。

這兩位醫生的調查報告溯及該名患者身爲第一次世界大戰前戰士的過去，有鑑於此一事實，本委員會囿於沒有權限，顯然無法針對弗朗茨・馬克一案發表意見。

本委員會同時也向詹納溫教授徵求意見，因爲在上述這種情況之下，唯有他才有權做出有助於並且尊重該名患者的公正決定。

希特勒萬歲！

衛生委員會副會長

恩斯特·馮·哈根醫生辦公室

一九四〇年二月十六日於柏林發函

每位傳記作家都有權力重塑他感興趣的生平事蹟

藉《弗朗茨・馬克，一部傳記》一書（卡爾・漢瑟出版社，慕尼黑，二〇一六年）上市之際，本刊與該書作者威爾弗里德・F・舍勒會面。此君因出版該書，成為歷史學家、國立檔案館、藝術市場知名人士同時發起的口誅筆伐靶心。

《明鏡週刊》：你喜歡引人非議？

威爾弗里德・F・舍勒：沒有特別喜歡。我喜歡耳根清靜，但我厭惡謊言。

《明鏡》：身陷這場暴風雨中心，你如何自處？

舍勒：風暴終會平息。我可不想害自己被淹死，你放心。

《明鏡》：你這本關於弗朗茨・馬克的書以傳記形式呈現，也就是說，個人生平事蹟之嚴謹記述。即便所有文獻都證明這位畫家於一九四〇年過世，然而，你卻在這部著作中斷言他於一九一六年就過世了。那麼，這部著作究竟是傳記還是小說呢？

舍勒：我堅持用傳記一詞，否則我就用小說了。殊不知每位傳記作家都有權力，甚至有義務，重塑他感興趣的生平事蹟。在我的這部著作之前，你剛剛才提到，世人公認弗朗茨・馬克在一戰期間雖然身受重傷，但大難不死，後來因爲無法適應社會生活，愈來愈自我封閉，乃至於嚴重到被送進精神病院收治了好多年，並且在第三帝國[6]策動的滅絕瘋子與殘疾人士計畫下送命。

《明鏡》：這些可是有證據的。

舍勒：證據？那我們就來談談證據吧。什麼證據？主要證據都收集在聯邦政府檔案中心中央檔案館安樂死犯罪那一區裡，我都查閱過。不過，這些文件來自T－4行動管理部門，其中大多數寫這些報告的人不斷使用化名，這點大家都清楚得很，他們透過歪曲、竄改地點、日期陳述事實，更何況，長期以來，相關人士也已經改名換姓。然而，若說滅絕病人是可怕眞相，那麼否認它也是犯罪行爲。至於這些文件，雖然記錄了T－4行動籌畫事宜或者加以彙整，但由於它們竄改來龍去脈，其實更服膺於虛構作品。對我而言，有關弗朗茨．馬克的證據，唯一可以接受的是一九一六年爲砲彈碎片所傷，之後他再也沒有以藝術家身分出現，甚至連以正常人的身分都沒有。而這些證明一九一六年他還在人世的報告，正是保存於檔案中心的那些，而且是由納粹醫生及其同夥所撰寫的。我剛剛說的是我個人的看法。我之所以認爲他於一九一六年已經過世，那是因爲在此之後，找不到任何一位畫家見過他，也沒有任何畫商、任何評論提出任何一則軼事足以證明他還在人世。

《明鏡》：讓弗朗茨・馬克於一九一六年後依然「倖存」，對納粹政權有什麼好處呢？

舍勒：首先，請你好好想一下，納粹的邏輯和思想與常人大不相同。促使納粹行動與決定的並非理性。由於我們不像納粹那樣以病態大腦思考，這點實屬萬幸，但這卻使得我們只能提出假設。任何政權總是需要幡然悔改人士，比起那些從一開始就無條件支持新論述的人說的話，迷途知返人士的懺悔話語響亮得多。誠如我在這本書中轉載的那份T－4行動報告所暗示的，一位藝術家，不再產出被視爲「墮落」的作品，並且選擇再也不創作，甚至還在官方畫作前雀躍無比，納粹政權之所以突然爲這麼一位藝術家辦展，使我們了解到外力能夠對人的心靈造成多大影響。

《明鏡》：有份報告提到弗朗茨・馬克和其他住民參觀一九三七年的墮落藝術展，你指的是這份報告嗎？

舍勒：完全正確。這份報告完全胡說八道。

《明鏡》：可是納粹爲什麼要費盡心思讓弗朗茨・馬克以盡可能最低調的方式，掩人耳目，在療養院中生活呢？因爲，如此一來，這並不是將他變成宣傳工具的最佳方式。世人向來對他一無所知。納粹讓他遠離所有外界目光活著及死去，這樣站不住腳啊。

舍勒：如果不是這樣的話，你和我現在還有什麼好談的呢？

《明鏡》：現在是二〇一六年。納粹垮台都六十多年了。

舍勒：納粹垮台歸垮台，其實在某些方面遺毒猶存，因爲針對納粹做了什麼或沒做什麼，至今世人依然爭論不休。在我看來，有一點很重要，我們需要了解，那就是：構思出納粹政權的那些人、爲納粹服務的那些人，他們野心勃勃，深信納粹能夠持續千秋萬代。納粹政權不在於爲人民謀求福祉，不過我們也還沒完全做到就是了，納粹政權其中一大任務在於創造人類記憶，但這種記憶與該族群的集體記憶毫無共同之處。對納粹政權而言，現實一旦對其不利，或者有摧毀它的風險，納粹就會不斷摧毀現實，並以其鐵蹄與榮耀的這種現實取而代之。

《明鏡》：依你之見，弗朗茨．馬克的「虛假人生」是否含括在這個框架中？

舍勒：對。他的虛假人生就像其他無數騙局一樣，宛如成千上萬顆小鵝卵石、小沙粒那樣，滑進了記憶與現實的機制裡。

《明鏡》：但是爲什麼要這麼大費周章呢？弗朗茨．馬克遁世隱居所能帶來的教化意義，和他面對官方藝術所表現出的欣喜，未免太小題大作了吧？納粹這麼做能影響誰呢？

舍勒：的確，跟人類一般和集體記憶相比，這麼做能影響到的人再度比較少。但當時納粹已經想到未來歷史會如何談論他們。他們致力於摧毀當下，以便更能改寫未來。這一點，無疑就是納粹行徑中最邪惡的部分，其所帶來的後果至今依然時有所聞：納粹滅絕好幾百萬人，但也致力於滅絕記憶。

《明鏡》：但是證明弗朗茨．馬克直到一九四〇年依然在世的這些文件，與揭露納粹實施滅絕機制是同一批文件。這些文件證明這些行徑毋庸置疑的確存在，那麼，你不覺得偽造這些會害納粹自己受到譴責的文件自相矛盾嗎？

舍勒：比起承認更糟糕的事情，證明文件作假，可不是更好的辦法嗎？倘若連比較糟糕的事情都是真的，而且也承認了，那麼比較不糟糕的事情就更是真的了。

《明鏡》：二〇〇四年巴黎拍賣的那些素描作品，你怎麼解釋呢？專家相當肯定它們出於弗朗茨・馬克之手。那些圖繪於一九三七年七月。也就是說，你認爲他過世了的二十一年後。可是，在你的這本書裡，你甚至連提都沒提。

舍勒：因爲不值一提。因爲我刻意不提。我經過一番思考，甚至否認它們的眞實性與眞的存在。這些素描壓根兒就不存在。

《明鏡》：你這種說法，有可能害你吃上官司。拍賣的確舉行過，這批素描也以高價拍出，這一切都是在光天化日之下進行的。

舍勒：光天化日之下？你看過這批素描嗎？我可沒看過。甚至連圖錄都沒有。我們只能在展出的兩個鐘頭內欣賞它們。何況還展示在櫥窗裡面。不可能仔細檢查。

《明鏡》：有位專家鑑定過是眞品。

舍勒：專家的話，哪怕再怎麼專業與誠實，都不是金科玉律。

《明鏡》：莫非你在暗示支付超過四十萬歐元的買家被坑了？

舍勒：有不少人懷念納粹，並以各種方式設法讓納粹精神長存與復辟。誰支付了這筆款項？這批畫作是由一位匿名買家透過電話拍得。賣家是誰呢？結果賣家也想維持匿名。他是怎麼取得這批素描的呢？沒人知道。自拍賣會結束以來，可曾有人再次見到這批素描？從來都沒有。

《明鏡》：所以呢？

舍勒：所以我等著有人向我證明它們的確存在。

《明鏡》：你寫這本書的時候，有沒有想過弗朗茨·馬克的遺孀？她於一九五五年過世。你不認爲如果她聽到你提出的說法，她的反應會有多激烈？

舍勒：她已經不在人世了。

《明鏡》：對，我剛剛就說了。但是，姑且讓我們想像一下，如果她還在世的話。

舍勒：你的問題剛好證明了，針對某些生命歷程中顯而易見的事實，你也準備好要銷毀確鑿證據，如果這麼做方便你做事的話，對死亡亦然。

《明鏡》：所以呢？

舍勒：我沒什麼好補充的。

埃德加・巴林採訪，

二〇一六年四月十九日刊登於《明鏡週刊》

病歷號碼：21-AG-3206

弗朗茨・莫里茨・威廉・馬克

證明編號：231-XTU-GRAQ-56

茲於今日，一九四〇年二月二十三日，詹納溫教授秘書處審查了有關患者弗朗茨・莫里茨・威廉・馬克之編號21-AG-3206病歷及編號CVT-54-H-45832衛生委員會之意見知會。

經過深入研究所有收集到的文件，同時也詳細閱讀了患者弗朗茨・馬克的各份病歷報告，有鑑於該名患者長年身心慘遭折磨，痛苦不堪，使其得以從依照元首意願針對健康狀況恢復無望的身心障礙最嚴重人士所設置的計畫中受益，方爲最人道的作法。

希特勒萬歲！

詹納溫教授秘書處

一九四〇年二月二十三日於柏林

弗朗茨・馬克（一八八〇—一九四〇）
巴伐利亞畫家及版畫家

弗朗茨・莫里茨・威廉・馬克，一八八〇年二月八日於慕尼黑出生。父親爲畫家，尤其爲巴伐利亞路德維希二世擔任宮廷畫師。弗朗茨・馬克原在慕尼黑美術學院學習，不知何故，突然輟學。

他對動物著迷，遂以其爲繪畫重點，尤其是馬。旅居巴黎期間，接觸了畫家梵谷和高更的作品，受到影響。

回德國後，與多名藝術家和收藏家交往頻繁。一九一〇年，定居於達豪附近的因德斯多夫。隔年，結識瓦西里・康丁斯基，對其一路走來的經歷有決定性影響。他與康丁斯基共同創立「藍騎士」，隨後因爲以「藍馬」爲主題的種種變化而嶄露頭角。後來又受到義大利未來主義藝術家[7]及法國畫家羅伯・德勞內[8]作品影響，轉爲抽象。

第一次世界大戰爆發，自願參戰。一九一六年三月，於凡爾登附近進行偵察勤務時爲砲彈碎片所及，傷勢嚴重。

曾經動過顱骨穿孔手術，治療了相當長的一段時間，留下左耳全聾後遺症。戰爭結束時，他不聽畫廊老闆、畫家朋友、收藏家勸告，執意結束畫家生涯，稱說「這個世界和人都不值得畫」，而這句寫在雕刻用木頭上的話便成了他最後一件作品，但只有這些文字，沒有任何圖案或圖形。

他決定成爲牧師，隨後又放棄了這條路。他進了柏林一家廣告公司擔任廣告編輯，直到一九二〇年初。當時出了點事，致使他首度被送進精神病院收治。

從那時起，進出醫院次數愈來愈多，最終再也出不了院，並且根據狀況在各醫療院所之間頻頻轉院。一九四〇年三月十六日，似乎是因爲心搏停止而於戈馬丁根過世，享壽六十。

他的作品以色彩、幾何、運動感著稱，第一次世界大戰之前引起莫大迴響，戰後卻幾乎遭到遺忘。今日，如你我所見，其獨樹一格的作品稍微重新開始引起矚目。

署名為E.K.之出版說明

《德國畫家及版畫家百科全書》

圖格和舍弗勒出版社

一九五四年於科隆

病歷號碼：21-AG-3206

弗朗茨・莫里茨・威廉・馬克

編號FMWM-453-A之信件副本

照護機構慈善關懷基金會

會長威爾弗里德・施尼醫生

致

瑪麗亞・馬克女士

慕尼黑布魯門街45號

夫人：

茲通知，有鑑於最高當局行動決策，同時旨於將敝院住民另行安置，以免受到戰爭固有風險危害，本會已將尊夫弗朗茨・莫里茨・威廉・馬克移轉至另一機構，繼續接受必要照護。

可以想見的是，出於安全理由，敝人暫時無法向妳提供新安置地點更多詳細訊息，但一有可能，必會立即與妳聯繫。

夫人，請接受敝人最崇高敬意。

希特勒萬歲！

威爾弗里德・施尼醫生

一九四〇年三月三日書於柏林

茲委任全國領導人鮑赫勒和勃蘭特醫生[9]負責擴充特定醫生權限，就人類能力範圍所及並經對病情狀況最深入審查後依然診斷無法治癒之患者，有權對其施以仁慈死亡。

阿道夫・希特勒，一九三九年九月一日

弗里德里希・溫特馬赫醫生公開信

天性使然，我一生謹慎行事，不會走出低調庇蔭，但最近一場論戰，針對幾年前出售的弗朗茨・馬克素描作品眞實性，從而質疑該拍賣會主辦方誠信，促使我公開發言。

我叫弗里德里希・溫特馬赫，今年七十三歲。我出生於慕尼黑，在這座城市行醫四十餘年，從未離開本市。二〇〇〇年初期，家父去世，我在他家發現了一只硬紙板文件夾，內有三十八幅黑色鉛筆素描，其中幾幅還經重點上色。所有這些作品的尺幅都一樣，全是四十公分乘以三十公分。其中十一幅上有別樹一格的簽名，清晰可見：「弗・馬克」。

我雖然不是藝術史專家，但起碼是繪畫愛好者，我當然聽過弗朗茨・馬克的大名。至於家父維克托・溫特馬赫，一九三三年至一九七四年間，他在埃格爾芬—哈爾精神病院擔任清潔工。家父這個人單純又勤奮，非常尊重僱用他的機構、機構員工及住民。那些年裡，許多該院住民都送過他小禮物，通常都是些患者可以去作坊製造的物品。家父將它們全都保存在閣樓的一口箱子裡，箱蓋貼著標籤，標籤上有他親手寫的埃格爾芬—哈爾精神病院名稱。

這份素描檔案夾，正是在這個箱子裡，夾在布娃娃、菸草陶罐、刻著家父姓名首寫字母的松樹皮之間。家父從沒告訴過我這些素描的事，也從沒向我提起過弗朗茨・馬克這個名字，甚至連他接觸了四十年的醫院住民中有一位名畫家，都不曾跟我說過。家父從未上過學，是個粗人。他可能並不知道弗朗茨・馬克是誰，所以，他對待這些素描，八成就像從別的住民那裡收到禮物那樣，並不認爲它們具有更高的價值，只不過這些年來，想必是出於尊重那些送禮物給他的男女住民，所以他還是把這些禮物全都保留了下來。

我發現這些素描後，沒有立即採取行動。我並不知道戰後弗朗茨・馬克再也沒畫畫和素描。然而，看著這份檔案夾裡的素描，它們絕美、純淨、色彩和諧，令我驚豔。即便總是一些動物，狗、狼、狐狸、猛獸，想當然爾，我們可能會以爲這些物種散發出暴戾或兇殘之氣，可是從這些畫面中卻完全看不到這些，反而像是在洪荒初始之際，人類尚未將致命爪牙探入其間，所捕捉到的一片寧靜祥和，宛若伊甸園般溫柔甜蜜。

我徵詢過一位藝術史學家舊識意見，他向我證實這些素描顯然出於弗朗茨・馬克之手，而且馬克的確在埃格爾芬－哈爾精神病院待了很多年，我同時也了解到，這位藝術家從第一次世界大戰後直到一九四〇年，極可能因爲在T－4行動下喪命之前，都不曾再創作。

眾所周知，巴黎這座城市是全球藝術市場重鎮，在這位朋友建議下，我與位於巴黎的塔詹拍賣行取得聯繫。估價拍賣師請來素描專家鑑定，的確是眞品。後來展出的時候，是我自己表示不想看到將它們付梓印刷做成圖錄，並且要求嚴格限制展出時間，因爲這些素描畢竟已經束之高閣，祕密沉睡了好幾十年，畫家將它們贈予家父，當時就已經選擇了不將它們公諸於世。我覺得在不印圖錄和限展這種做法之下，也算是繼續尊重其願。

銷售金額創下歷史新高。買家希望維持匿名。拍賣過了一段時間以後，我拿到銷售所得支票，證明買家確確實實存在。我將全部金額捐贈給了巴伐利亞三所精神病院。當初我正是打算未來要做這幾筆捐贈，所以才下定決心出售這些素描作品。我想透過這個做法既向藝術家本人致敬，也向他在精神病世界度過的歲月致敬，同時也向家父致敬，他透過自己的工作，設法盡可能地與這些受苦的人親近。

我言盡於此，因爲沒什麼好說的了。最近有一部著作，被誤認爲是弗朗茨・馬克傳記，該書在僞裝成眞相的口吻之下，炫耀賣弄著作者自以爲是的弗朗茨・馬克生平。隨著該書出版，作者在不同訪談中否認了這些素描存在及其銷售的事實。

但願我釐清了事實眞相，往後再也無須這麼做。

弗里德里希・溫特馬赫醫生

二〇一六年六月六日當週

這封信同時刊登於

三份歐洲日報：

《南德日報》、《世界報》、《晚郵報》

病歷號碼：21-AG-3206
弗朗茨・莫里茨・威廉・馬克
編號FMWM-541-B之信件副本

照護機構慈善關懷基金會
會長威爾弗里德・施尼醫生

致
瑪麗亞・馬克女士
慕尼黑布魯門街45號

夫人：
茲告知尊夫弗朗茨・莫里茨・威廉・馬克剛被轉移到巴登—符騰堡州戈馬丁

根市格拉芬埃克療養院，並不幸突然於該院過世。敝人深表遺憾。

弗朗茨．馬克爲心臟驟停所害，遺憾的是，群醫束手無策，未能予以挽救。

三月十六日下午三點十二分宣告死亡。

敝人以領導該院爲榮，夫人，請接受敝人及該院全體工作人員哀悼之情。

有鑑於當前情況不允許將逝者遺體交付家屬，因此院方選擇火化，尊夫的骨灰收於隨函附上的骨灰罈中。

夫人，請接受敝人最崇高敬意及最誠摯慰問之意。

希特勒萬歲！

威爾弗里德．施尼醫生

一九四〇年四月三日書於柏林

1 Franz Marc（一八八〇—一九一六）：德國表現主義畫家，藝術團體「藍騎士」成員。在第一次世界大戰的凡爾登（Verdun）戰役中陣亡。

2 Tajan：巴黎知名拍賣世家。子承父業，兒子François Tajan繼承父親Jacques的拍賣事業。

3 Blaue Reiter：畫家瓦西里・康丁斯基（Wassily Kandinsky）和弗朗茨・馬克對於他們的展覽作品及公開活動的稱呼。「藍騎士」既非運動，亦非學派，也沒有明確綱領，只是一個由眾多藝術家組成的鬆散團體，於一九一一到一九一四年間一起展出作品。亦譯爲「青騎士」。

4 Entartete Kunst：又譯爲「頹廢藝術」。納粹德國在官方宣傳中創造的美學概念，藉以描述具厭世主義傾向的現代藝術。

5 Adolf Ziegler（一八九二—一九五九）：希特勒最喜歡的畫家。納粹黨委派他監督大多數德國現代藝術家並清除該黨所謂的「墮落藝術」。《四個要素》繪於一九三七年，畫中描繪的四位女性分別代表古希臘學說中的土、水、氣、火四大元素。

6 le III Reich：即納粹德國，指的是從一九三三年到一九四五年由希特勒所領導的納粹黨統治之下的德國通稱。

7 futuristes italiens：最早由義大利人馬里內蒂（Filippo Tommaso Marinetti）於一九〇九年發表〈未來主義宣言〉一文，批判義大利傳統的文化藝術，宣揚速度、科技、暴力等元素，這些藝術觀點影響了不少畫家，從而於一九一〇年，共同發表了〈未來主義畫家宣言〉與〈未來主義繪畫技法宣言〉，呼籲畫家發展未來主義歌頌工業與機械動能的繪畫風格。

8 Robert Delaunay（一八八五—一九四一）：早期受阿凡橋派的後印象派畫風影響較大，一九一〇年代初期與妻子索尼婭・德勞內一起開啟了奧費主義運動（mouvement orphiste），是爲立體派的一支。作品風格著重於以光學理論分析色彩，強調色彩對比、顏色彼此之間和諧。

9 Philipp Bouhler（一八九九－一九四五）和Karl Brandt（一九〇四－一九四八）：眞有其人。前者爲納粹德國政治人物，負責納粹安樂死計畫「T-4行動」，戰後遭美軍逮捕，不久後在奧地利自殺身亡；後者則在前者推薦之下成爲該行動計畫主持人之一，戰後遭到美國軍事法庭判決有罪，並遭絞刑處決。

Die Kleine
那個小女孩

小女孩睜開眼睛的時候，經常都在想現在是長夜漫漫和伴隨夜晚做的夢，或是白晝即將到來，眞實事物也隨之而來。這兩個世界都包含著光和痛，她不知道白天和黑夜何者對她較爲溫柔。

此時房裡依然漆黑，溫暖的床被她睡得凹了下去，她在凹陷處伸了個懶腰，睡袍對她來說太長了，一直拖到腳上，被羅紋羊毛襪包著的雙腳，也因爲襪子過大，稍微在裡面晃晃悠悠，還有這個枕頭，緊貼著她，雖然沒人枕在上面，卻留有那個女人的氣息，辛辣，稍稍嗆鼻，帶著一股溼木柴被火灼燒的怪味。難道這一切都是在童話裡面嗎？就像她去房間找她父親的時候，他跟她說的那些傳說故事中的其中一個。她父親經常站在房裡，甚至席地坐在地毯上，周圍擺著好多書，一看到她，臉上就泛出笑意，然後放下書本，不看了，把她抱到腿上，摸摸她的臉蛋，親親她的眼皮，用他每天發明的可愛小名喚著她。房裡聞起來好香，厚重大書、菸斗菸絲、茶，只靠兩個沒有燈罩的小燈泡照明，一雙橢圓眼睛從天花板垂下來邊滴溜滴溜轉。他在她耳邊喃喃講著故事，這些寓言故事是昔日他自己的父親跟他講過的，故事裡，森林爲了換個國度，開始隨著林中樹木一起走啊走啊，一幢幢屋子則在大街小巷談天說地，小朋友也跟著學識淵博的鸛在空中飛嗎？

她父親的嗓音聽起來總帶著菸草味。他邊讀書邊抽著菸斗，悠閒安逸，從早讀到晚，不過倒也會在餐桌旁坐下，開始用餐，菸斗還銜在齒間，害她笑了出來。她母親也笑了，小女孩把母親的笑聲像一塊麵包那樣保存在手帕裡，再打上結，這對飢餓的人來可說是個寶藏呢。

她經常想像那條手帕和她的寶藏。手帕裡包著她母親的笑聲、菸斗、父親的氣味、書、弟弟的大眼睛，還有許許多多其他寶貝。每當她意識到自己是一個人，沒人打擾的時候，她就會鄭重其事，把手帕四個角角的結解開又打上，打上又解開。將這些寶貝放回手帕或是拿出來：她母親的笑聲和母親那對飽滿的乳房，她經常貼著它們睡覺，她父親在地毯上盤起腿的那對膝蓋，她喜歡感受地毯在自己手掌下的粗糙經緯，從父親嘴裡冒出的菸斗柄，那間有著兩個電燈泡、到處都是書的房間，弟弟在搖籃裡的影像，胖嘟嘟的臉蛋從亞麻襁褓裡探出一點點。

得等到她的手撫過腦袋，才知道自己是在夢裡，還是在現實中。夢裡，她摸到自己的髮鬈，可以想見髮色甚深，油光水亮。現實中，她的手正放在自己乾巴巴的光頭皮上。她的手指在光禿禿的腦袋上游移，這顆跟小鳥頭一般小的腦袋，有的地方凹下去，有的地方凸上來，有的地方隆起，有的地方有疤，還有結痂，就像是被誰隨便亂修補一通似的，她一碰到這些，就覺得自己好像在摸月亮。她愛夜月，愛它那黯淡凹凸不平的圓。

每天她都像在背書那樣背誦自己還不到兩位數的年齡、她的姓名，還有她母親的姓名、她父親的姓名，還有弟弟的名字，她住過的那座城市的名稱、他們有一間公寓的那條街的名稱、那間位於底樓的修鞋店店名，還有緊挨著修鞋店的那個胖子開的雜貨店店名，那家雜貨店泛著一股大蒜味兒，胖子有時候會給她一顆糖，還有那間賣針線活兒的鋪子，還有那間座落在街道盡頭的猶太會堂，她父親每天都會和其他男人一塊兒過去。

她在心中迅速默念好幾遍，以免落掉任何東西，免得這部分寶藏掉進大地開裂的罅隙中，落到她下面，落在她兩腿之間，落到她腳底，對，消失就是在那兒發生的。因爲一切，人、姓名、景物、詞語、氣味，幾乎都消失了，當她死命想讓她所知道的這一切、想讓她對那個世界和對其他人還有她自己的認知浮現腦海的時候，她還會暈眩，有時甚至會發燒，而她這才意識到自己這些小小孩時的記憶，就像一幢屋子，沒門又沒窗，風從四面八方灌進來，將她無法牢牢固定在牆上的一切襲捲而去。

她的腦子百孔千瘡。如同她那已是百孔千瘡的生命。她那幢記憶屋舍只剩下殘壁。有時使她笑。有時使她哭。而在同一分鐘裡，她可以從笑變淚，或者相反。

她在腦子裡說話。而且她只在那裡說話。她的嘴巴始終閉著，使得那個女人有時候告訴她，說她好像那個女人的父親。小女孩想知道那個女人的父親齒間是否也銜著一根菸斗，是否也留著一條又長又暖的鬍鬚，也有著一個大大的微笑，雙手也不斷埋在書裡。

她很難想像那個女人有父親，因爲那個女人好老。比她自己的母親還老。那個女人的雙乳垂到上腹，額頭阡陌縱橫，紋路從四面八方挖空皮膚，彷彿有人拿著針在上頭鐫刻。

每週一次，那個女人叫小女孩跟著她，兩人走上村裡的那條街，停在一處廢墟前，這兒原本是座教堂，現在跟顆大黑牙似的豎著。這個地方有一堆土，鼓起圓圓一塊，圓丘上插著木十字架和鮮花。有好多十字架。那個女人和她在十字架的陪伴下待了一會兒。那個女人特別把其中一個打掃乾淨。她用海綿擦拭木頭。要是那個女人在花園裡找到一朵花，還會把花放在十字架腳下。這應該就是那個女人的父親：一個從土裡豎起的十字架。

那個女人睡得很熟，她打呼，小女孩隔著睡袍觸摸她的乳房。鬆垮垮又軟趴趴的。空空如也。裡頭沒有奶。小女孩查驗過了。某天夜裡，那個女人睡著了，睡袍掀了開，露出一只乳房，小女孩用兩片嘴唇含住乳頭，就像她母親餵她弟弟喝奶時爲了逗她開心做的那樣，小女孩感覺流到嘴裡的液體熱熱的，流暢的，帶點酸。可是這會兒，什麼也沒流出來。那個女人的乳房是沒有用的老乳房，空信封，像種子袋似的，即便裡頭再也沒裝東西，大家還是會留著。

白天，小女孩拿著腦袋裡的那條手帕玩，如此一來，任何東西才能夠不落入她這幢記憶屋舍的百孔千瘡中，不被它們吞噬。天氣允許時，她還就地坐在穀倉附近的大鐵棚下，這個地方是夯土地面。她靠著一堵磚牆。在她面前，左邊，那個女人從農場出來，走去晾衣服，扔穀粒或者蔬果皮餵母雞，要不就是準備去田裡、果園，要不就是幫花園翻翻土，園中冒出了幾株植物，小女孩不知道名稱。右邊是廄棚，裡頭養著母牛，廄棚對面是一幢建築物，屋頂比廄棚的更低，空蕩蕩的，她時常喜歡進去裡面。

她就這麼背對穀倉坐著，既不覺得冷也不覺得熱，而且她有時間可以閉上眼睛，解開腦袋裡那條手帕的結。她檢查一下裡面的東西是不是都沒掉：姓名、臉孔、那些時刻、她床上那床鴨絨壓腳被的顏色、弟弟那張眼瞼浮腫又胖嘟嘟的臉蛋兒、她父親說話的聲音、她母親的聲音、他們的氣味、她母親做的起司糕點在她嘴裡的味道，還有其他許許多多東西。她確保手帕裡的一切都在原位，才能拿著包在手帕裡的這一切重溫舊日，不管嚴不嚴謹，也不在乎邏輯、場景、姓名，每天以不同順序加以排列組合，她不厭其煩，一排再排。

每逢這些時刻，她小心翼翼別把手放到在頭上，而是平放在地上塵埃和麥稈碎屑中，因爲她不想碰到美麗鬈髮或是結痂因而知道自己是在夢中或是在現實生活裡。

那個女人家的廚房裡有張桌子，桌子大抽屜裡擱著蠟燭，蠟燭在她圓圓的手指加熱下變得柔軟，她再用指甲把蠟燭刮成漂亮、光滑的象牙色小丸子，然後塞進耳朵。於是，就這麼，世界彷彿奇蹟般地被消音了。那個女人隨她去，自己忙著用鋼絲球清潔爐灶、剝蔬菜皮，或是修補襪子，而且她都會事先塞進去一顆雞蛋把襪子撐開再補，邊不時瞥她一眼。

那個女人偶爾也幫她縫製衣裳。她從閣樓行李箱裡拿出一件連身裙，聞起來一股老味兒。她讓她試穿，長歸長，可是並不寬大，女人在需要修改的地方別上好幾根針，修修剪剪，然後縫合開口，把連身裙改成小女孩的尺寸。

那個女人對待她的舉動，既不慈愛，也不惡毒。她並沒有試圖成爲她的母親。但她也沒有想要傷害她。總之，她們相依爲命。那個女人給她吃的、穿的、一張床、一個住的地方。她不知道自己給了那個女人什麼作爲回報，所以她才對她一無所求。那個女人很少跟她說話。沒有親親她。沒有摸摸她。沒有打她。這樣一切都很好。

那個女人想跟她說話的時候，都會先在她眼前用力揮手，引起她注意。讓她有時間把從手帕裡拿出來的東西全都收攏好，放回她想像中已經解開了的手帕裡面，繫好四個角角，再把手帕放回那個最安全的地方，放回在她那坑坑窪窪的腦袋裡最隱密的角落裡，直到下回再拿出來，盤點自己失去的過往。手帕放妥後，她才拿掉蠟丸，重回這個世界。

她是怎麼到那個女人家的？手帕裡沒包著任何關於這方面的東西。或許這與幾個影像相關，但她永遠也無法將這幾個影像與其他影像拼湊在一起。一個她不認識的男人抱著她弟，牽著她，走在一條不是她那條街的街上。一輛卡車，嘈雜得猶如碩大昆蟲在嗡嗡作響，她在卡車裡被夾在背、腹、腿、腳之間，她在卡車裡面做夢、睡覺、醒來又睡去。士兵把她從卡車上抱下來，放在地上，對她微笑，告訴她，他叫維克托，他牽著她，帶她到大土坑邊上，那兒已經有其他人在等著。一陣喀嗒聲和尖叫聲，隨後，夜來了。她在一張大床上，睡睡醒醒，毯子和床單換成男男女女的身體，從四面八方包圍著她，他們都沒動，他們並沒悶著她，反而長時間用他們的體溫幫她保暖，這時冰雪卻打灰濛濛的天上落下，她推開他們的胳臂、他們的腿、他們閉著眼睛的臉，小心翼翼，以免吵醒他們，好不容易終於掙脫出來。她走在一條路上，因爲她幾乎赤身裸體，所以在路上瑟瑟發抖，她走在這條路上，邊走，頭髮邊一根根往下掉。在某個地方，終於出現了一張女人的臉，斜倚在她上方，看著她，和她說話，但是聲音並沒傳進她耳裡。這個夜裡突然起床的女人脫下大衣，裹住她，像行李似的帶走了她。

這個女人就是那個女人。

可是這一切究竟是夢？還是眞？她從來不知道該把這些片段塞進手帕裡，還是把它們扔得離手帕遠遠的。

那個女人要是進村，經常都是爲了清理教堂前小土丘上的木十字架，在它腳底插上一朵花，一邊喃喃自語。小女孩任那個女人忙東忙西。她自己則抬起頭，望著建物殘跡，一根橫樑塌在房角石裡，上頭還掛著好幾口鐘，融成一團，混作一堆。

屋頂已經不見了。雨和光一樣，每天不一定，有時灑在石頭路上，有時灑在長凳殘跡上或是聖人像上，那些聖人像從底座掉了下來，裂成大小不一的碎片，從來沒人想過要把碎片撿起來。小女孩偶爾壯起膽子走進中殿，整個人躺在地上，讓自己的臉和聖母的臉處於同一水平，因爲這尊塗得金金紅紅的聖母石膏像遭到斬首，人頭落地。小女孩的眼睛迷失在基督母親含笑的眼睛裡。

有一天，那個女人從外面叫她，好兩個人一起回農場，小女孩還是躺在地上，那個女人不得不進教堂找她。那個女人看到她緊緊抱著那顆沒了身體的頭。因爲小女孩一直把蠟丸塞在耳朵裡沒聽到，於是她拍了拍她的肩膀，可那孩子沒有起身，而是繼續緊緊抱著聖母的頭。那個女人明白，小女孩可以像這樣一待就待上好幾個小時，甚至一整夜都說不定。那個女人找來手推車，讓孩子明白她可以把聖母頭放進去，帶回農場。

她們兩個都回來了，那個女人推著手推車，小女孩盤腿坐在車裡，石膏頭擱在大腿窩間。那個女人把頭安放在床上，不是放在她和小女孩之間，而是放在靠小女孩的床頭櫃那邊。有時，夜裡，月光想辦法從窗板縫隙間溜了進來，這時聖母的眼睛就會衝著她笑，小女孩便用手指撫過聖母前額、鼻子、彩繪的嘴，摸著摸著，最後終於睡著了。早上，那個女人發現小女孩抱著斷頸聖母的冰冷大臉貼在胸前。

盛夏到來，小女孩一整天都不見人影。那個女人沒想要攔著她。原來那孩子發現一條河，而且，在村外不遠處，還有一片沼澤地，滿是厚厚的黑色淤泥，沼澤裡蘆葦高大，朝天竄去。

河水在兩步遠處流淌，緩慢、黏糊。小女孩脫下連身裙，留在草地上，全身光著，在爛泥巴裡跋涉數小時，從不因黏泥巴的吸吮聲而感疲累。她的手、胳膊、腳、腿直到膝蓋，都陷入泥沼。看到自己的身體一部分、一部分……就這麼整個消失不見，小女孩覺得好像魔法。

淤泥在小女孩皮膚上乾了，結成一層黑痂。幾個小時後，黑殼裂開，小女孩掙脫洪荒初始，幻化成了全新造物。小女孩嗅著自己，她看過狗這麼嗅著自己，味道好重：鹹味、泥土味、來自地底深處的古老淤泥味。隨後太陽將泥化作灰，手指一揚便隨風飄去。

她像馬狂奔後舔舐著溼淋淋的被毛那樣，舔舐著覆滿淤泥的皮膚。鹹鹹的。很好吃。她吞下混著淤泥的口水，感到黏土的黑色顆粒在體內沉澱，口水源源流出，把它們推得滾來滾去；顆粒中看不見的淡水生物族群已然死去、腐爛，慢慢分解，終於和黏土融爲一體。她自己則變成了獸。比她被蘆葦遮掩住的影子更爲碩大。比白冠雞和紅冠雞更爲纖弱，牠們輕輕掠過溼軟地面，無重量的腳爪在地上留下印痕。

有時，小女孩會抓到一條魚，一隻困在鳶尾花和水蛇般根莖中的青蛙。小女孩捧著這個小生物捧了老半天，直到再也感覺不到動靜。小女孩看著牠的眼睛，想在眼裡找到金色亮片，小生物在死亡中睡去，金色亮片很快就黯淡了。於是，小女孩隨牠的屍體順水漂去，水流時而將屍體帶到表面，時而迅速吞沒入腹。她不覺得這有什麼大不了的，也不覺得不道德。她對一切都沒有罪惡感。她只存在於這一刻，在光塵中，在風裡，在淤泥裡。她咀嚼著水田芥，使它在口中變成黏稠濃湯。她就像這樣，一待可以待上好幾個小時。

太陽落下地平線，小女孩又臭又黑，跟野人似的光著身子，乾淨的連身裙拿在手中，回到農場。那個女人沒說話。她把盆子端到院裡。小女孩進到盆子裡面。那個女人把兩桶溫水倒在她身上，遞給她肥皂塊、刷子、毛巾。疲倦、風、太陽、日光餵飽了她，有時候洗著洗著就睡著了。於是，那個女人把小女孩從水裡抱出來，幫她擦乾，像一籃衣物那樣把她抬起來，放在床上。

小女孩感覺到那個女人的動作，心裡分開夢境與真實的那道界線霎時變得模糊。她還是闔著眼皮。那個女人的手變成她母親的手。一抹微笑從小女孩膚下泛出，但一直留在那兒，並未穿透皮膚，來到嘴唇和眼睛。於是，就這麼著，在這些時刻裡，她心中有所波動，種種形式的思緒與情感，誕生了一些也死去一些，迷茫中帶著暖意，如同蜜一般甜。

她想永遠保有這種感覺，偏偏這一切卻抓不住，終於在令人失望的迷霧中消散無蹤。她還沒能編織出一方手帕，細到足以握住它，沒能像篩子那樣，細到足以分開金片與塵埃。然後夜來了，令人昏沉欲睡，她陷入虛無，而夜，宛若微弱迴音，依然留有一絲淤泥和夏天的味道。

旁人有可能以為小女孩是幽靈，根據每天或每小時的不同，她聞起來像肥皂、豬糞、淤泥，或像蘋果、苜蓿、魚、糞便、牛奶、壓碎了的覆盆子，或是泉水。有人看到她吃蚯蚓、毛毛蟲、蝴蝶、蚱蜢，吞下殼呈淡藍的烏鶇蛋，裡面已經有還沒長出羽毛、眼睛黏在一塊，勉強稱得上是幼雛的小烏鶇在睡覺。

她在那個女人身邊過日子，那個女人也在她身邊過日子。她們共享同一個屋頂，同一份食物，同一張床，同樣的時光流逝，同樣的景緻。戰爭，偶然再庸俗不過的化身，將她們推向彼此。

有時小女孩會偷偷檢視那個女人。她觀察她。隨後，既不用鉛筆，也不用顏料，想辦法在腦中把她畫下來。然後再把這幅畫放在一直藏在她心底她母親的那幅畫上面。

這兩條輪廓線在某些地方合爲一，在其他地方，又像兩條岔路一樣分開。兩張臉貼在一起的地方，小女孩看到女人的臉重重壓在她母親的臉上，悶住它，使它變得模糊不清。隨著幾星期過去，她母親的臉似乎解體了，不過在解開的手帕裡，她的嗓音依然完整清晰，她父親的嗓音也一樣，他的臉也依然完整清晰，因爲沒有被別的男人的臉壓碎。

每當她意識到母親的容顏漸漸消失的這些時刻，小女孩都會跑進臥室，將聖母石膏頭緊緊抱在胸前，在床上輾轉反側。聖母那對藍眼睛總是朝著她微笑。小女孩把一根手指放在聖母的嘴唇上。但是嘴唇很硬，而且一直閉著。小女孩一親上去，吻立即死了。

手帕摺好、收好在她腦中，裡面包著好多東西，不過卻是些再也沒有變動的東西，比方說衣服，失去了穿它們的身體，雖然衣服還沒完全走樣，餘香猶存，但是不多了。小女孩包在手帕裡的這一切在在讓人想起往事，還有那裡。但是那裡再也不在。現在只有這裡。

約莫八月中旬，她不去河邊了。但她早上還是出去，晚上很晚才回來，她的皮膚也不再覆蓋著易碎的泥皮，而是一層金色粉塵，來自於穀物莖桿、灰白麥稈的旱地，金色粉塵喜歡棲身於肘彎、脖子和腹股溝部褶皺、大腿內側，還有靠近鼻翼的地方。她再也不渾身發臭。而是散發著新鮮空氣和走獸小徑、荊棘叢、風暴和辛辣汗水的氣息。她好似牧神。太陽把她脫了皮的腦袋曬成古銅色，她那張臉滿布傷疤，皺皺巴巴，猶如麵包烘焙過了頭。這一切襯托得她那對眼睛更爲黝黑。

她走了這許多路，別無目的，只爲了在心中勾勒出一個地方，把樹、田野、森林、農場、河床、池塘、泉水、沼澤、菜園、橋、磨坊，把這些東西定位。忘掉手帕，繪製出一幅地圖，讓那方手帕變得沒有用處。

那座工廠，在她一天之內走得到的地方盡頭，被定位在離村子很遠處，當她發現它時，她先在工廠附近兜了很長時間，才敢走進去。這幢建築物被兩排高高的破鐵絲網團團包圍，鐵絲網中間還塌了下去，一聲怪物嚎叫從裡傳出，使得她停下腳步。一片荒涼。前門開著，一聲半似懇求、半似怒吼到了強弩之末的嗚咽，與一陣閃著火花的輕煙同時從中逸出，這陣煙聞起來像金屬，又像機油，又像燒焦的橡皮筋。

她走了進去，地上排列得整整齊齊，形狀如此之美，震撼了她。原來是一些玻璃製冠狀物，相互堆疊，建物整個地面上重複著相同形狀，並以黑色材料編織而成的繩索相互連接。有些玻璃冠還略微冒著煙，劈啪作響，不時吐出一道光，光再化爲一陣藍色餘燼，落到地面。所有來自於這些玻璃裝置的繩索都聚集到同一個混凝土立方體中，雖然從中不斷傳出嘈雜聲，但是這些酸性火花誕生與死亡時發出的低沉巨響卻把嘈雜聲給壓了下去。

其中一個玻璃冠附近，地上躺著一樣黑黑的東西，小女孩原本以爲是一大塊木頭燒焦了，她觀察良久，才慢慢辨識出原來是一具屍體。

這個發現並不讓她害怕，因爲這具屍體現在看起來一點也不像人：頭只有原本一半大，四肢末梢成了圓圓的炭黑殘肢，腳和手都不見了。屍體微微縮成一團。左臂殘肢伸向一個玻璃冠，在那個玻璃冠和這具屍體之間則有一根大鐵棒，似乎顯示出當時這個人試圖要做些什麼，小女孩年紀雖然小，倒也明白鐵棒，那個玻璃冠，這些劈啪作響、斷斷續續閃著光的黑色繩索和這個人的死應該有某種關聯。

她忙了好幾天，都在調查這一帶的地理環境，對她來說，這座工廠成了邊境哨所，國境到此爲止，這具燒焦的屍體則成了那位住在哨所裡的海關官員，他生前窮盡己力，一夫當關，便足以阻擋任何投機分子通過，出境或入境皆然。

她每天都回來探望他，直到寒冷秋雨落下。她走進建築物，在他身邊坐下，仔細觀察他那漆黑身軀的每一寸地方，彷彿要將他的輪廓原封不動烙印在她心中。有時，火花四濺噴到她，她也絲毫不覺得自己被燒到，因爲這些假螢火蟲才剛熄滅，刺痛也跟著停了。

在這個謎樣的死人陪伴之下，她意識到自己忘了手帕，忘了手帕裡的東西、她自己的過往，以及有關這些過往的存在、保存、刪除而引起的苦痛。

晚上，她一回去，那個女人幫她洗乾淨後，端湯給她喝，那具又黑又乾的屍體則在她倆中間。小女孩從餐具櫃裡拿出盤子，放在她自己的盤子旁邊，倒了一點她自己的湯給那位亡者。那個女人由她去，什麼也沒問。小女孩對屍體說著話。她跟屍體說到那個女人、母牛、青蛙，還有淤泥、蚱蜢的味道、聖母和聖母那對從不閉上的眼睛，還有許多其他不在手帕裡的東西，因爲這些是自從她父母不在她身邊，她來到這裡這個國度後，她所經歷過或是發現的東西，所以才不在手帕裡面。

這個死人，再也不像人，沒辦法聽見她想對他說的話。而且因爲他這顆燒焦的頭顱跟塊大木炭似的，連耳朵都看不出來，所以小女孩並沒有大聲把這些話說出來。因爲這麼做完全沒有用。所以她在心裡說。

對她來說已經足夠。

這些話，她確信這個人接收得到，也聽得到，而且他還會透過她，靠著這些話繼續在死裡活著。

致讀者

本書中收集了我寫於二〇一六年至二〇二〇年間的作品。

〈仁慈死亡〉是一段烏有史[1]，原收於「失落的先鋒」（L'Avant-garde perdue）活動文集，該活動是由南錫歌德學院院長尼古拉．埃勒（Nicolas Ehler）於二〇一七年發起的一項文學計畫。

〈仁慈死亡〉當然是件虛構作品。不過，即便一切都是我發想出來的，但T-4行動及其執行卻是千眞萬確。希特勒於一九三九年九月一日寫的那封信是眞的，滅絕精神病患者行動正是由那份手令所啟動。

該文標題Gnadentod——仁慈死亡——甚至正是希特勒所使用的詞。參與評估與決策過程的好幾位醫生的報告與信件是虛構的，但與現存文件相當接近。

此外，我在文中冒昧提及兩個姓名：維多利亞・查爾斯和威爾弗里德・F・舍勒[2]。這兩位人士確實曾經爲文寫過有關弗朗茨・馬克的事。我將一些當然不是他們的意見、立場、作爲等等寫成出於他們，我這麼做並沒有徵得他們同意，在此請求他們原諒。針對我將他們作爲人物寫入書中這點，但願他們不會覺得我有任何惡意，其實，正相反，我這是在向他們的工作致敬。

塔詹拍賣行和我引用的報章雜誌，從來沒有扮演過我賦予它們的角色，也沒有刊登過我杜撰的文章與採訪。

〈性與椴樹〉則是爲了「海頓二〇三二」[3]計畫而寫，該計畫每年都會推出一系列作曲家和錄音作品音樂會，並藉此邀請一位作家發想一個故事。

至於〈一個男人〉、〈伊爾瑪．格雷斯〉、〈那個小女孩〉則從未發表過。

即使書寫這些作品的時機與環境各有不同，但它們全都圍繞著長久以來對我而言一些很重要的主題：首先就是不一致這個主題，歷史和人類在歷史上扮演的角色或者該說人類自以為在歷史上扮演的角色並不一致。其中最令我疑惑的是人民、國家、族群的不一致性，姑且將每個個體看成是一堆沙裡一粒沙——這一大堆沙隨著時間不同，或緊實或鬆散——只消一鏟下去，有可能占下自己連做夢都沒想到的位子。其次還有罪惡感這個主題，但我感興趣的並非就道德意義上去理解罪惡感，亦非將其看待成是一種與行動同時發生的主觀意識經驗：罪惡感應該被解讀為是現在操弄過去的一種傾析結果，而歷史則將其基礎與常識信念奠基於此傾析結果之上。最後，還有記憶——與書寫及閱讀行為密不可分——無論是涉及個人或是集體皆然，因為對我來說，個人記憶的運作方式是人類最神祕的一大謎團，集體記憶則有時會成為製造它和經歷它的群體生活難以承受之重，或者正相反，集體記憶痛苦難堪的一面遭到掏空，使得它同時既擔任霧幕又充當舒適麻醉劑。

我把這些文章像收撲克牌那樣收集起來後，置於眼前，它們合在一起發出回聲，令我震驚。不過後來我或多或少重新調整過，以加強將它們結合在一起的關聯。這時，我才想到其實它們形成了一本貨眞價實的書，一種我刻意留白的小說，呼喚讀者塡補空白，自己成為作家。

本書中的這些故事在在向你我訴說著某個特有時空背景下的生存片段，我們逐漸發現這些片段在偶然或巧合的支持下，正以一種遙遠、深刻或輕盈的方式相互共鳴迴盪。

這些故事發生的地點全都不確定，其中維克托這個人物成為象徵：雖然隨著故事發展，其中某些元素使我們相信是同一個維克托，但其他元素卻顯示出不是這回事。在這種情況下，維克托的眞相究竟是什麼？除了他的，所有眞相究竟是什麼？我覺得這彷彿是在隱喻生命，我們自以爲知道，殊不知我們對生命掌握甚差，而且根據照亮它的角度，生命會有多重反射。

二十世紀的德國之所以成爲這本書背景，那是因爲一方面我方才提及的那些主題，沒有任何一個地方比德國更能找到它們最悲慘的化身。另一方面，因爲我從小就與它比鄰而居，從而與德國的景色、文化、語言、歷史發展出了一種關係，既吸引我又令我恐懼，這種關係是我和世界其他任何國家都沒有的。對我來說，德國一直是一面鏡子，我從鏡中看到的不是我之所以爲我的這個我，而是我有可能成爲的那個我。針對這一點，德國教了我許多關於我自己的東西。

最後我想一提的是，書名中出現的「幻想曲」（fantaisie）一詞，應就其音樂與詩意含義來理解，因爲你知我知，一件作品受到作者主觀主導，不受作曲或和聲嚴格規範拘束。

菲利普・克婁代

書於二〇二〇年三月

1 Uchronia：由utopia（烏托邦）和chronos（時間）兩者組成，指的是從歷史上某個時間點的某些眾所皆知的歷史基礎爲發想，另行創造出一個與眞實認知世界情況不同的平行時空。一八七六年由法國哲學家夏爾・雷諾維耶（Charles Renouvier）所創，作爲同名小說書名。

2 作者註：Viktoria Charles, Franz Marc, www.parkstone-international.com, 2013. Wilfried F. Schoeller, Franz Marc, Munich, Carl Hanser, 2016.

3 「Haydn 2032」：是由 Giovanni Antonini 籌畫，紀念海頓誕辰三百周年的音樂全集，預計在二〇三二年完成，藉海頓誕辰三百週年之際，將這位「交響樂之父」的107首交響曲作品全部表演並錄製。

國家圖書館出版品預行編目

德國幻想曲 / 菲立普 . 克婁代 (Philippe Claudel) 作 ; 繆詠華 譯 . -- 初版 . -- 新北市 : 木馬文化事業股份有限公司出版 : 遠足文化事業股份有限公司發行 , 2024.04
168 面 ; 14.8×21 公分 . -- (菲立普 . 克婁代作品集 ; 9)
譯自 : Fantaisie allemande.
ISBN 978-626-314-618-1(平裝)

876.57 113002078

菲立普・克婁代作品集09

德國幻想曲

Fantaisie allemande

作者 菲立普・克婁代 Philippe Claudel
譯者 繆詠華

副社長 陳瀅如
總編輯 戴偉傑
責任編輯 涂東寧
行銷企畫 陳雅雯、趙鴻祐
封面繪圖 Norman Normal
封面設計 井十二設計研究室
內頁排版 宸遠彩藝
印刷 呈靖彩藝有限公司

出版 木馬文化事業股份有限公司
發行 遠足文化事業股份有限公司（讀書共和國出版集團）
地址 231 新北市新店區民權路 108-4 號 8 樓
電話 (02)2218-1417
傳真 (02)2218-0727
客服信箱 service@bookrep.com.tw
客服專線 0800-221-029
郵撥帳號 19588272 木馬文化事業股份有限公司
客服專線 0800-221-029
法律顧問 華洋法律事務所 蘇文生律師

初版一刷 2024 年 4 月
ISBN 9786263146181
定價 350 元